정호승 우화소설

산산
조각

시공사

내 존재의 가치를 찾아서

우화(寓話)에 관심을 가진 지 오래되었다. 그러나 시도 제대로 쓰지 못하면서 우화까지 쓴다는 것은 성실하지 못한 문학적 태도라고 여겨졌다. 그래서 우화 쓰기에 대한 어떤 욕구가 있을 때마다 늘 억눌러왔다.

시를 쓰다 보면 시 속에 서사가 있고, 그 서사를 소설적 형태로 재탄생시키고 싶어질 때가 있다. 그렇지만 시인인 내가 그것을 소설로 쓰기에는 역부족이었다.

그러다가 우화소설이라는 그릇에 담을 때 시가 소설로 재탄생될 수 있는 가능성을 발견하게 되었다. 자연과 사물과 인간이 지니고 있는 삶의 이야기를 우화소설의 그릇에 담을 때 보다 자유스러운 창작의 상상력과 구성력이 주어졌다.

예전에 어른이 읽는 동화 『항아리』『연인』 등을 쓰고 나서 어떤 한계를 느낀 적이 있다. 동심을 바탕으로 하는 동화의 본질적 요소 때문이었다. 비록 어른이 읽는 동화라고 하나 삶의 비의(秘義)를 보다 다양하게 확산하고 천착하기에는 어려움이 있었다.

우화는 창작의 범위가 넓고 자유스럽다. 그 어떤 소재나 주제에도 구속되지 않는다. 인격화한 동식물이나 사물을 주인공으로 등장시켜 인간의 다양한 삶을 드러내는 문학적 장르로서 부족함이 없다.

이 책은 인간의 삶에서 무엇이 가장 중요한 가치인가, 그 가치를 통해 어떠한 삶을 살아야 할 것인가 하는 문제를 우화의 방법으로 성찰해본 것이다.

가치 없는 존재는 없다. 중요한 것은 그 가치를 어떻게 발견하고 어떠한 존재로 살아갈 것인가에 있다. 이 우화소설의 주인공 룸비니 부처님, 주머니 달린 수의(壽衣), 성체(聖體)가 된 한 알의 밀, 성철(性徹) 스님 다비에 쓰인 참나무, 해우소 받침돌이 된 바윗돌, 총 맞은 하동 송림 소나무, 김수환(金壽煥) 추기경의 손, 네모난 수박, 걸레, 숫돌 등은 각자 나름대로 가치 있는 삶을 산 존재들이다. 희생과 인내라는 가치를 통해 사랑의 삶을 완성한 거룩한 존재들이다.

봄비가 내린다.

저 봄비도 스스로 가치를 찾고 주어진 운명에 순명함으로써 가치 있는 삶을 완성할 것이다. 이 책을 읽는 독자 여러분들께서도 내 존재의 가치를 찾아 그 가치에 순명함으로써 뜻 깊은 인생을 완성하시길 기도한다.

2022년 봄을 맞이하며

정호승

차례

어떤 수의

지금 내가 있는 이곳은 수의(壽衣) 상설 전시장이다. 내가 이곳으로 와서 상설 전시된 지는 이미 몇 해 되었다. 몇 해가 지난 탓으로 잘 진열해놓았지만 얼핏 보기에도 꾀죄죄하고 빛바랜 흔적이 역력하다. 수의야 누가 한번 입었던 옷이 없지만 꼭 누가 한번 입었던 헌 옷처럼 후줄근하다.

나는 그런 내가 싫지도 좋지도 않다. 허구 많은 옷 중에서 하필이면 수의로 태어났는지 내심 불만이 많기 때문이다. 허기야 좋게 생각해서 사람이 죽어 마지막 가는 길에 입는 옷이니 그 나름대로 고유한 의미와 가치가 없는 것은 아니지만, 그래도 아름다운 여성의 한복이나 늠름한 남자의 두루마기로 태어났더라면 더 좋았을 걸 하는 아쉬움이 늘 나를 괴롭힌다.

그래서 한때는 빨리 팔려 화장장 화염 속으로 사라지거나 무덤 속에 파묻혀 나 또한 죽음의 삶을 살고 싶지만 그게 내 뜻대로 되는 것은 아니다. 이대로 누군가가 나를 사가기만을 조용히 기다릴 수밖에 없다.

이곳은 명색이 여러 종류의 수의를 상설 전시한다고 하지만 실은 상설 판매를 목적으로 한다. '수의 판매'보다 '수의 전시'라고 하는 게 수의를 보러 오거나 사러 온 고객의 마음을 보다 더 편안하게 해주기 때문에 편의상 '상설 전시장'이라는 이름을 붙였을 뿐이다.

누구나 다 알다시피 수의는 망자(亡者)의 옷이다. 망자가 이승의 삶을 정리하고 저승으로 떠날 때 입는 옷이다. 따라서 수의를 두 번 입는 사람은 없다. 일생에 오직 단 한 번, 단 한 벌만 입는다. 그것도 스스로 입지 못하고 남이 입혀줘야만 입을 수 있다. 비록 삼베로 만든 수의라 하더라도 평소처럼 입고 외출할 수 있다면 얼마나 좋으랴만 수의는 한번 입으면 입은 그대로 관 속에 가만히 드러누워 있어야 한다.

청년기에는 누구나 자신이 입을 수의에 대한 생각을 하지 못한다. 그러나 중년기를 지나 노년기에 들어서면 어느 날 문득 자신의 죽음을 생각하게 된다. 늘 가까이 만나거나 알던 이들이 앞다투어 세상을 떠났을 때, 죽음과 나하고는 아무 상관없는 일인 것처럼 여기다가도 문상을 갔다가 돌아오는 어느 날 문득 자신의 죽음을 어떻게 준비해야 할지 고심하게 된다.

이때 가장 먼저 고심하게 되는 것은 매장(埋葬)과 화장(火葬)을 선택하는 문제다. 요즘은 화장을 선호하지만 그래도 매장을 원하는 이도 많아, 이 문제를 결정하는 과정 속에서 어떤 이는 영정 사진을 준비하기도 하고 수의도 미리 마련해놓기도 한다.

예전에는 재봉틀 있는 집이 많아 수의를 직접 집에서 만드는 경우가 많았으나 요즘은 주로 상을 당한 뒤 장례식장 장례용품점에서 구입하게 된다. 그래서 수의를 미리 마련해둘 필요성을 크게 못 느끼지만 꼭 그런 것만은 아니다. 나이 드신 분들 중에서는 미리 수의를 마련해두고 마음 편안해하는 분들이 무척 많다.

그것이 꼭 그런 것은 아니지만 살아생전에 수의를 미리 마련해두면 건강하게 오래 산다는 속설을 믿는 사람들이 다수 있기 때문이다. 특히 3년에 한 번씩 돌아오는 음력 윤달이 있는 해에 수의를 마련해두면 무병장수한다고 해서 그해에 미리 마련하는 이들이 많다.

내가 있는 수의 상설 전시장은 그때가 대목이다. 오죽하면 '윤달 특수'라는 말이 다 생겼겠는가. '윤달 특수는 소비자를 현혹시키는 상술'이라고 부정적으로 말하는 이들이 있지만 실은 고객을 현혹시키는 일은 거의 없다. 오히려 윤달이라고 고객들이 스스로 알아서 찾아와주는 경우가 대부분이다.

나도 윤달이 되면 누가 나를 사갈까 하고 은근히 가슴이 두근거린다. 그렇지만 나는 벌써 몇 해째 전시장 한 구석에 처박혀 있을 뿐이다. 전시장 주인 김씨가 나를 한쪽 구석에 밀쳐놓고 이제는 관심조차 가지지 않으니 내가 팔릴 리 만무하다. 나는 그냥 전시장 구색 맞춤일 뿐이다. 그래도 내가 이 세상에 수의로 태어나기 위해 어떤 일이 있었는지는 드러내놓고 이야기할 필요가 있다.

나는 실은 주머니가 달린 수의다. 이 세상에 주머니가 없는 옷은 없다. 그렇지만 수의에는 주머니가 없다. 망자의 옷이기에 무엇을 넣고 갈 주머니가 필요하지 않다. 공수래공수거(空手來空手去), 빈손으로 왔다가 빈손으로 가는 게 인생이기 때문이다.

옛날에 어느 부자(富者)는 관 양쪽에 두 개의 구멍을 뚫고 두 손을 관 밖으로 내어놓은 채 장례를 치르도록 유언을 해 자식들이 그렇게 했다고 하고, 알렉산더 대왕도 죽기 전에 관 좌우에 구멍을 뚫어 손을 밖으로 내어놓아 세상 사람들이 다 볼 수 있도록 하라는 유언을 남겼다고 한다. 천하를 쥔 손도 죽을 때는 빈손으로 갈 수밖에 없다는 것을 세상 사람들에게 말해주고 싶었다는 것이다.

이렇게 아무리 가진 게 많아도 무덤까지는 가져가지 못한다. 살아 있는 동안 모은 재물과 권력을 저승까지 가지고 간 사람은 아무도 없다. 따라서 당연히 수의에는 주머니를 만들 필요가 없다.

그러나 나의 주인 김씨는 달랐다. 수의에 주머니가 필요 없다는 사실을 인정하지 않았다. 그는 어느 날 '주머니 달린 수의를 만들어드립니다'라는 광고를 하기 시작했다. 처음에는 전시장 도로 쪽 벽면에 현수막을 걸어놓거나 전단지를 만들어 길거리에서 직접 나누어주기도 하다가 나중에는 아예 신문 광고를 내기도 했다.

"사장님, 왜 그런 광고를 신문에 내세요? 여기저기서 욕하는 전화가 많이 옵니다."

전시장 직원이 그런 말을 해도 그는 들은 척 만 척했다.

"괜찮아. 욕하라고 해. 수의라고 해서 꼭 주머니가 없으란 법이 있나. 주머니에 무엇을 넣느냐 하는 게 문제지."

그는 누가 욕하든 말든 가끔 이런 말을 중얼거렸다.

그가 낸 신문 광고를 보고 전시장으로 직접 찾아오는 사람들은 많았다. 처음에는 어이없다는 듯 비난 투의 말을 하다가도 은근히 주머니 달린 수의에 관심을 나타내었다.

"이 사람아, 수의에 주머니가 있다는 말은 내 평생 처음 들어보네."

"죽음의 순간이 찾아오면 누구나 다 빈털터리가 되고 말지 않는가. 그러니 수의에 무슨 주머니가 필요하겠나."

"사람은 태어날 때도 빈손이고 죽을 때도 빈손이라는 것을 내 모르는 바 아니네만, 주문하면 며칠 정도 걸리는가? 미리 만들어놓은 건 없는가?"

"사람이 마지막엔 빈손으로 가는 게 순리인 줄 내가 왜 몰라? 알지, 알아. 그런데 주머니가 달린 수의를 한번 입어보는 것도 괜찮겠다는 생각이 들긴 들어, 허허."

광고를 보고 찾아온 사람들은 처음엔 다소 뜨악해 하다가도 나중에는 대부분 주머니 달린 수의가 필요할 수도 있겠다는 긍정적인 입장을 나타내었다.

주인 김씨는 평소에 손님이 일반 수의를 사가면 그저 데면데면했다. 그러나 주머니 달린 수의를 주문하면 평소와 달리 얼굴에 화색이 돌았다. 그렇지만 주문을 받기 전에 손님에게 정중히 꼭 물어보는 게 있었다.

"선생님, 주머니 달린 수의를 만들어드리면, 주머니에 뭘 넣어 가고 싶으신지요?"

그는 이 질문을 반드시 했다. 마치 이 질문을 하기 위해 광고를 내고 사람들을 불러 모으는 것 같았다.

"그거야 두말하면 잔소리지. 돈을 넣어 가야지. 혹시 아는가, 저승에도 돈이 필요할지."

"누가 빈손으로 가고 싶겠는가. 말은 빈손이라고 하지만 그렇지 않아. 그래도 저승 가는 데 노잣돈은 필요해. 노잣돈도 많으면 많을수록 좋지."

손님들은 대부분 돈을 넣어 가는 게 당연하다는 듯이 말했다. 그러면 그는 이내 표정이 굳어졌다.

"내가 평생 어떻게 번 돈인데, 그대로 은행에 두고 갈 수는 없지. 누구 좋으라고. 내 돈을 다 넣어 갈 작정이네."

어떤 사람은 정말 그렇게 하겠다는 듯이 정색하기도 했다.

주인 김씨는 그런 사람들의 주문을 일절 받아주지 않았다.

"손님, 저는 돈을 넣어 가시라고 주머니를 만들어드리는 게 아닙니다."

"아, 그러면 나는 신용카드만 넣어 가겠네."

손님 중에 우스개 삼아 그런 말을 한 분이 있어 나는 속으로 웃음을 참지 못했다.

"손님, 죄송하지만 그런 수의는 만들어드리지 못합니다."

주인 김씨가 끝내 주문을 받지 않자 손님들은 의아한 표정을 지으면서 벌컥 화를 냈다.

"아니, 이 사람이? 일부러 시간 내 왔더니, 지금 무슨 소리 하는 거야?"

손님이 화가 나서 소리쳐도 그는 아랑곳하지 않았다.

"아니, 광고할 때는 언제고, 당신 지금 사람 놀리는 거요? 당신은 만들어 팔기만 하면 되는 거 아니요? 살다 살다 보니 정말 별꼴 다 보겠네."

이렇게 욕하고 항의해도 그는 수의 주문을 받지 않았다.

"손님, 저는 돈을 넣어 가시라고 수의에 주머니를 만들어드리는 게 아닙니다."

주인 김씨가 이렇게 수의를 만들어줄 수 없다고 해도 포기하지 않고 떼를 쓰는 손님도 있었다.

"도대체 수의 값이 얼만가? 내가 값을 배로 주겠네. 어떤가? 내 주문을 받지 않겠는가?"

"값이 중요한 게 아닙니다. 굳이 주머니를 만들어달라고 하시는 까닭이 무엇인지 저는 그 점이 가장 중요합니다."

"자식들한테 재산 남겨주기 싫어서 그래. 두고 가기가 아까워. 어찌됐든 내가 다 가지고 가야지. 혹시 저승 가서 쓸 데가 있는지 누가 아는가."

"그러시면 제가 만들어드릴 수가 없어요. 꼭 필요하시면 직접 만드셔야 됩니다."

"에끼, 이 사람아! 창피하게 당신 말고 누구한테 수의에 주머니를 달아달라고 그래?"

"그러시면 이건희(李健熙) 삼성 회장님처럼 재산을 사회에 환원하시면 됩니다. 정진석(鄭鎭奭) 추기경님께서도 입원하시게 되자 통장 잔액 5천만 원을 모두 기부하셨어요. 그리고 돌아가시기 두 달 동안 통장에 들어온 돈이 8백만 원이었는데, 그 돈마저 기부하셨어요. 마지막까지 모든 걸 남김없이 주고 떠나셨어요. 선생님께서도 그렇게 하시면 되잖아요."

"어허, 이 사람이 나한테 농담하시나."

"농담이 아닙니다. 저는 선생님 말씀에 따를 수 없습니다."

주인 김씨가 이러한 태도를 단호하게 고집하자 얼마 지나지 않아서 주머니 달린 수의를 주문하겠다고 찾아오는 사람은 거의 없었다.

그래도 그는 주머니 달린 수의를 만들어준다는 광고를 중단하지 않았다. 그렇지만 어쩌다 가뭄에 콩 나듯이 손님이 찾아와 수의를 주문하면 마치 무슨 면접관이라도 되는 양 수의 주머니에 무엇을 넣어 갈 것인가를 꼭 물어보았다.

그는 그런 질문을 할 때마다 눈을 반짝거리며 뭔가 기대에 가득 찬 표정을 지었다. 그러나 손님이 주머니에 노잣돈이라도 넣어 갈 것이라고 하면 이내 실망하는 표정을 짓고는 결코 수의를 만들어주지 않았다.

나는 왜 그가 그런 광고를 애써 해놓고 찾아온 사람들을 그런 이유로 돌려보내는지 그 까닭을 알 수 없었다. 그는 자신이 생각하고 기대하는 어떤 사람을 기다리는 것 같았다. 그러나 나는 그가 어떤 사람을 기다리는지 알 수 없었다.

그런 어느 비 오는 날이었다. 그날도 노년의 손님이 찾아와 주머니 달린 수의를 주문하자 그가 물었다.

"선생님은 주머니에 뭘 넣어 가시고 싶으신지요?"

그는 손님과 이런저런 이야기 끝에 언뜻 지나가는 말처럼 물었다.

"글쎄, 수의에 주머니가 있다고 해서 뭘 넣어 갈 수 있겠나. 나는 그저 내 인생의 후회를 넣어 가려고 하네. 돌이켜보면 내 인생은 후회투성이야."

"아, 네, 그러시군요. 원하시는 대로 주머니 달린 수의를 만들어드리겠습니다."

그는 더 이상 묻지 않고 주머니 달린 수의를 만들어주겠다고 했다.

참으로 뜻밖이었다. 하기야 지금까지 주문하러 온 사람들이 다들 돈을 넣어 가겠다고 했으니 그럴 만도 했다. 그러나 그는 막상 수의를 만들려고 하다가 "안 되겠어, 도저히 안 되겠어. 이건 내가 원하는 게 아니야." 하고는 취소 전화를 해버렸다. 후회를 넣어 갈 정도면 굳이 수의에 주머니를 만들 필요가 없다는 것이 그의 생각인 것 같았다.

그 뒤에도 수의 주머니에 추억을 넣어 간다거나 행복이나 상처를 넣어 간다는 사람들이 여럿 있었다. 그때마다 그는 주머니 달린 수의를 만들어주겠다고 해놓고 번번이 그 약속을 깨뜨려버렸다.

그 뒤 그는 주머니 달린 수의를 만들어드린다는 광고를 중

단했다. 아침 일찍 일어나 아파트 노인정이나 노인들이 많이 모이는 종로3가 파고다공원 일대를 다니면서 광고 전단지를 돌리는 일도 그만두었다.

이제 전시장에 들러 일반 수의를 사가는 사람은 있어도 주머니 달린 수의를 만들어달라고 특별 주문하는 사람은 없었다.

그 뒤, 봄이 오고 가을이 가고 또 봄이 와 매화가 막 피어나기 시작한 초봄의 어느 날이었다.

겨울용 털모자를 쓴 여든은 훨씬 넘어 보이는 어르신 한 분이 전시장 문을 열고 들어왔다. 연로하신 분은 혼자 오는 경우가 거의 없고 대부분 자식들과 함께 오는데 그분은 혼자 전시장 문을 열고 들어왔다.

"어서 오세요. 뭘 찾으시는데요?"

주인 김씨가 얼른 손님 응대를 했다.

"여기가 주머니 달린 수의를 만들어주는 덴가?"

"네, 그렇습니다."

"내가 말이지, 예전에 신문 광고를 오려놓은 게 있어. 주머니 달린 수의를 만들어준다는 광고 말이야. 그때 한번 가봐야지 하고 마음은 먹었는데, 차일피일 미루다가 오늘에야 찾아왔어. 지금도 그런 수의를 만들어주는가?"

손님은 나이와는 달리 무척 젊게 느껴지는 걸걸한 목소리로 말했다.

"네, 그렇습니다."

"그럼 주머니 달린 수의를 만들어주게. 명주로는 하지 말고 삼베로 하면 돼. 중국산 삼베 말고 국산으로. 꼭 안동포가 아니라도 좋아."

"네, 그렇게 하겠습니다."

주인 김씨는 그 손님을 빤히 쳐다보면서 뭔가 살피는 기색이었다.

"이왕이면 주머니를 아주 크게 만들어주시게. 여러 개 만들어도 좋아."

"주머니에 뭘 넣어 가시려고요?"

"하하, 저승길 가는데 뭘 넣어 갈 수 있겠어? 나는 그저 내 사랑이나 넣어 가려고 하네."

"네? 돈이 아니고요?"

"에이, 이 사람아. 수의 주머니에 돈 넣어 가서 어디에 쓰려고. 저승 가서 아파트 살 건가?"

"네에, 옳으신 말씀입니다. 꼭 말씀하신 대로 잘 만들어드리겠습니다."

"값은 얼만가?"

"제 수고비는 안 받고, 삼베 값만 받겠습니다. 시중 가격보다 훨씬 싸게 해드리겠습니다."

"그래서야 되겠나……."

"어르신께서 돈이 아니라 사랑을 넣어 가신다고 하는데 어찌 제 이익을 탐할 수 있겠습니까."

주인 김씨의 말에는 평소와 달리 진정성이 엿보였다.

"그런데 어르신, 사랑은 아낌없이 주고 가는 게 아닌가요? 왜 가져가시려고 하시는지요?"

"아, 그건, 내가 준 사랑이 아니라, 내가 받은 사랑을 가져가려는 거야. 사람은 태어날 때도 사랑에 의해서 태어나지만, 죽을 때도 가족들의 사랑을 받으면서 죽어. 그래서 그 사랑을 내가 가져가고 싶은 거야. 특히 나는 내 아내의 사랑을 가져가고 싶어. 그 사람이 나를 사랑해주지 않았다면 내 인생은 빈껍데기에 불과해. 아내의 사랑 때문에 그래도 내가 인간답게 살았어. 그런 귀한 사랑을 어찌 두고 갈 수 있겠나. 수의에 주머니라도 달아서 거기에 가득 넣어 가야지 않겠나."

"네, 어르신, 그런 뜻인지 제가 미처 몰랐습니다."

주인 김씨는 손님 말씀을 귀담아 들으며 입가에 빙긋이 미소를 지었다.

"어르신, 제가 주머니 달린 수의를 만들어드린다고 광고를 낸 데에는 그 까닭이 있습니다."

"말씀해보시게."

"바로 어르신 같은 분을 만나기 위해서입니다. 인생에서 재물보다 사랑이 얼마나 더 중요한 가치인가 하는 것을 일깨워주시는 분을 저는 만나고 싶었습니다. 어르신이야말로 우리 모두의 스승이십니다."

"아이구, 그런 말씀 마시게나. 나는 그저 내가 받은 모든 사랑을 소중히 지니고 싶은 마음뿐이네."

"네, 염려 마십시오. 제가 정성껏 최선을 다해 수의를 만들어드리겠습니다."

주인 김씨는 손님에게 정중히 허리를 굽혔다.

그때 어르신이 "아차, 내 정신 좀 봐" 하면서 다시 말을 이었다.

"그리고 또 하나, 사랑하고 같이 넣어 갈 게 있네. 바로 용서네. 내가 용서하지 못한 것이 아니라 내가 용서받아야 할 것 말일세. 나를 용서해야 할 사람이 용서하지 못해 그 얼마나 괴롭겠나. 그러니 내가 죽으면서 그걸 가져가버리면 그 사람이 편안해지지 않겠나. 그러니까 주머니를 아주 크게 몇 개씩 만들어주시게나. 하하."

주인 김씨는 그날 이후로 그 어르신의 주머니 달린 수의를 만들기 위해 동분서주했다. 어떤 때는 끼니도 거르고 손수 재단을 하고 바느질을 했다. 다 만들고 나서도 혹시 빠뜨린 부분이 있나 싶어 바지, 저고리, 속적삼, 고의, 행전, 오낭, 허리띠, 대님, 베개, 버선, 신발 등에 이르기까지 일일이 몇 번이고 살펴보았다.

어르신이 수의를 찾으러 오기로 한 일주일은 금세 지나갔다. 주인 김씨는 수의를 정성껏 보자기에 싸서 어르신이 오기를 기다렸다.

그런데 이게 웬일일까. 어르신은 일주일이 지나도 열흘이 지나도 한 달이 지나도 수의를 찾으러 오지 않았다. 처음에는 그냥 좀 늦으시나 보다 했으나 막상 한 달이 지나자 무슨 일이 있는 건 아닌가 하는 생각이 들었다.

'혹시 돌아가신 건 아닐까. 노인들은 갑자기 돌아가시기도 하니까……'

주인 김씨는 얼른 주문서에 적힌 연락처를 찾아 어르신 집으로 전화를 했다.

"어르신께서 수의를 찾으러 오지 않으셔서 전화 한번 드렸습니다."

전화는 어르신의 아들이 바로 받았다.

"저는 모르는 일인데요. 아버지가 수의 말씀은 하신 적이 없어요. 그런데 제 아버지 돌아가셨습니다. 이미 장례 끝난 지 한 달도 넘었습니다."

"네? 뭐라고요?"

"한 달 전에 아파트 단지 내에서 그만 교통사고로……."

"세상에, 주문하신 수의를 입어보지도 못하시고, 정말 안타깝습니다."

주인 김씨는 무척 안타까워했다. 그분은 수의 주머니에 사랑과 용서를 넣어 가고자 했던 분이었다. 많은 이들이 재물을 넣어 가기 위해 주머니 달린 수의를 마련하려 했으나 오직 단 한 분, 그분만이 사랑과 용서를 넣어 가기 위해 주머니 달린 수의를 마련하려고 했다. 그래서 더욱 정성껏 최선을 다해 주머니가 달린 수의를 만들었으나 그만 그 수의를 입지 못하고 돌아가신 것이다.

이제야 말하지만 돌아가신 그 어르신이 입지 못한 수의가 바로 나다. 나는 그런 과정을 거쳐 이 세상에 단 하나뿐인 주머니 달린 수의로 존재하게 되었다.

주인 김씨는 한동안 나를 보자기 속에 그대로 싸서 넣어놓았다. 그러다가 어느 날 전시장 진열장에서도 눈에 잘 띄는 자리를 골라 진열해놓았다. 나는 혹시 주인이 나를 팔려고 내어놓았나 싶었으나 그건 아니었다.

주인 김씨는 무슨 속셈인지 나한테 '주머니 달린 수의'라고 붓펜으로 쓴 종이를 붙여놓았다. 그걸 본 손님들은 "아이구 세상에, 이런 수의가 다 있나." 하고 굳이 외면하거나 못마땅한 표정을 지었다. 그래도 주인 김씨는 아랑곳하지 않았다. 오히려 손님들에게 "주머니에 돈을 좀 넣어 가면 좋지 않을까요?" 하고 은근슬쩍 짓궂은 말을 던졌다. 그러면 손님들은 입가에 슬쩍 헛웃음을 흘리면서도 한순간 골똘히 생각에 잠기는 표정을 지었다.

내 생각에 주인 김씨가 나를 그렇게 진열해놓는 것은 이승에서 욕심을 내지 말고, 남의 것을 탐하지 말고, 분수에 맞게 항상 감사하면서 살라는 것을 은연중 내비치는 게 아닌가 싶기도 하다.

나는 이제 오랜 시간이 지나는 동안 낡고 빛바랜 수의가 되었다. 주인 김씨가 이제는 나를 눈에 잘 띄지 않는 전시장 한 구석에 처박아두고 팔려고도 하지 않지만 누가 사가려고도 하지 않는다. 그러나 언젠가는 내가 수의이므로 누군가의 시신을 감싸고 관속에 누워 차가운 무덤 속으로 들어가거나 뜨거운 화장의 불길 속으로 들어갈 것이다.

어쩌면 나는 주인 김씨의 수의가 될지도 모른다. 그는 관 속에 들어갈 종생(終生)의 날을 위해 항상 나를 곁에 두고 있는지도 모른다.

그는 오늘도 열심히 수의 상설 전시장을 운영하고 있다. 사람들에게 수의를 마련해준다는 사실에 평범한 장사꾼이라면 얻을 수 없는 어떤 큰 보람을 크게 느끼고 있는 듯하다.

"나는 사람들이 살아 있을 때 미리 수의를 준비하는 게 중요하다고 생각해. 그건 살아 있을 때 죽음을 준비한다는 것이거든. 죽음을 준비한다는 것은 그만큼 삶을 소중히 여긴다는 것이야. 내일 내가 죽을 것이라고 생각하면 살아 있는 오늘을 더 열심히 성실하게 살 수 있어. 요즘 사람들이 돈과 권력을 탐내는 것을 보면 내가 내일 죽는다는 사실을 정말 잊고 사는 것 같아. 마치 영원히 살 것처럼 말이야. 생사불이(生死不二), 삶이 곧 죽음이잖아. 삶이 있으면 반드시 죽음이 있다는 사실을 수의는 늘 일깨워주지."

　그가 진열장 안에서 누렇게 빛바래가는 나를 가끔 물끄러
미 바라볼 때마다 나는 그의 그런 말이 귓가에 고요히 들리
는 듯하다.

룸비니 부처님

내 고향은 네팔 룸비니다. 네팔 북부 지역은 히말라야이고 남부 지역은 평원인데 룸비니는 남부 지역의 황량한 들판 한가운데에 있다.

다들 아시겠지만 룸비니는 불교 4대 성지(聖地) 중 하나로 부처님이 태어나신 곳이다. 유네스코 세계 문화유산으로 지정돼 있다. 해마다 수많은 사람들이 부처님의 진리의 향기를 찾아 룸비니를 찾는다. 나로서는 무척 기쁘고 영광스럽다. 부처님이 태어나신 곳에서 내가 태어났다는 사실은 늘 내 가슴을 떨리게 한다.

나는 21세기가 시작된 2000년에 룸비니 마을에서 태어났다. 무척 가난한 마을이지만 마을 사람들은 정을 나누며 서로 돕고 산다. 부처님의 탄생지 마을에 산다는 자부심으로 다들 마음이 따뜻하고 평화롭다. 부처님께서 생전에 룸비니에 직접 들르신 일이 한 번밖에 없다는 이야기가 전해 내려오지만 우리 마을 사람들은 언젠가는 부처님께서 룸비니에 다시 들려주실 것을 믿는다.

　마을 사람들 중에는 순례객들을 위한 숙소를 운영하는 사람도 있지만 대부분 이런저런 순례 기념품을 만들어 팔며 살고 있다. 보리수 열매로 목걸이나 팔찌나 염주를 만들기도 하고, 단단한 보리수 수피(樹皮)에다 작은 부처님을 조각해 팔기도 하고, 흙으로 빚어 구운 손바닥만 한 부처님을 팔기도 한다. 어떤 집에서는 아예 부처님 모형에다 흙을 넣어 똑같은 모양의 부처님을 많이 만들어내 팔기도 한다.

　나도 그렇게 순례 기념품으로 태어난 부처다. 그러나 모형에 의해 똑같이 복제돼 태어난 부처가 아니다. 존경받는 마을 어른이자 도예가인 수잔한테서 태어났다. 수잔도 흙으로 만든 부처님을 순례 기념품으로 만들어 팔면서 생계를 유지하지만 남다른 데가 있었다. 그가 손으로 직접 만들고 구운 부처님은 똑같은 부처님이 없었다. 주로 좌상의 부처님을 만드는

데 미륵불, 석가모니불, 아미타불, 비로자나불, 약사여래불 등 그 모양이 다양했다.

그가 만든 부처님은 도예가로서의 긍지나 자부심 같은 기운이 배어 있었다. 비록 돈을 받고 파는 상품이라 하더라도 부처님 가피(加被)의 힘이 어릴 수 있도록 정성을 다하곤 했다.

흙으로 부처님을 빚은 뒤 불가마에 구울 때는 해 뜨기 전에 일어나 샘물에 목욕을 하고 떠오르는 아침 해를 향해 정성껏 기도를 올렸다. 그래서인지 그가 만든 부처님은 보는 이마다 마음에 평화가 깃드는 느낌을 받았고, 다른 이가 만든 것보다 인기가 많아 더 많이 팔려나갔다. 수잔의 노모가 철조망이 쳐진 룸비니 정문 앞에 가마니를 깔아놓고 아들이 만든 부처님을 열댓 개 정도 갖다놓으면 대부분 며칠 가지 않아 다 팔렸다.

그러나 수잔이 만든 부처님 중에 몇 달이 지나도 팔리지 않는 게 하나 있었다. 그것은 수잔이 그동안 만든 부처님과는 그 모습이 전혀 다른 아주 특별한 부처님이었다. 머리 육계(肉髻) 부분을 두텁게 하고 허리는 잘록하게 해서 갈비뼈가 다 드러날 정도로 아주 빼빼 마른 부처님이었다. 얼마나 말랐는지 얼굴에 살이 전혀 없고 해골처럼 눈이 퀭할 정도였다.

나는 수잔이 왜 나를 그렇게 만들었는지 알 수 없었다. 처음엔 너무 마르고 못생긴 부처로 만들었다고 생각돼 좀 섭섭한 마음이 들었다. 그러나 태어나자마자 슬픈 얼굴을 하고 어디론가 팔려가는 기념품 부처님들을 보자 팔리지 않고 그냥 고향에 남아 있는 게 더 좋다는 생각이 들었다.

그래도 가끔 어디론가 멀리 여행을 떠나고 싶기도 해서 언제 누구한테 팔려갈지 궁금하기도 했다. 하루 종일 땡볕이 내리쬐는 가마니에 앉아 먼지를 뒤집어쓰고 나를 사 갈 순례객을 무작정 기다린다는 게 사실 그리 쉬운 일은 아니었다.

'내가 순례객들이 사 가는 기념품이 아니라 진짜 부처님이면 좋을 텐데……'

어떤 때는 폭염에 정신이 몽롱해져서 그런 엉뚱한 생각을 할 때도 있었다. 그러다가 정말 내가 진짜 부처님이 되어 어떤 선정(禪定)의 세계에 들어가 있는 것 같아 마음이 편안해질 때도 있었다. 그렇지만 나는 어디까지나 순례 기념품일 뿐이었다. 부처님이 태어나신 룸비니에서 만든 것이니까 그 나름대로 의미가 있다 하더라도 누구나 사 갈 수 있는 하나의 상품일 뿐이었다.

일 년이 지나도 순례객들은 다른 부처님은 사 가면서 나는 사 가지 않았다. 그래도 수잔의 노모는 하루도 빠짐없이 나를 가마니 바닥에 그대로 진열해놓았다.

나는 팔리지 않는 내가 더 좋았다. 이제 고향을 떠나고 싶지도 않았다. 부처님의 어머니인 마야 부인께서 부처님을 옆구리로 낳기 직전에 목욕을 하시고, 또 갓 태어난 아기부처님을 연꽃잎과 성수로 목욕시켰다는 푸스카르니 연못가에는 수백 년 된 보리수 한 그루가 있는데, 거기에 사는 다람쥐와 나뭇가지에 걸터앉아 별을 바라보면서 밤새워 이야기하는 게 더 좋았다.

"네가 왜 안 팔리고 이렇게 있는 줄 아니?"

하루는 다람쥐가 내 어깨를 톡톡 치면서 말을 걸어왔다.

"글쎄, 그걸 내가 어떻게 아니?"

"내가 가르쳐줄까? 넌 부처님이 남부 테라이 지방에서 보리수 아래 6년 동안 고행하실 때의 깡마른 모습과 같아. 그런 고행상(苦行像)을 하고 있으니까 사람들이 널 좀 무섭게 느껴서 그럴 거야."

"뭐? 내가 무서워?"

"아니, 아니야. 귀엽고 사랑스러워."

내가 깜짝 놀라는 표정을 하고 움푹 파인 눈을 똥그랗게 뜨자 다람쥐는 금세 말을 바꾸며 나를 위로하려고 들었다.

"다람쥐야, 이제 아무도 나를 사 가지 않도록 보리수한테 기도해줘."

"그래, 그렇게 할게. 그렇지만 좀 더 기다려봐. 첫눈에 너한테 반하는 사람이 있을 거야."

"아니야. 난 이대로 너랑 여기서 흙먼지 뒤집어쓰고 사는 게 더 좋아. 나는 원래 흙에서 태어났잖아."

다람쥐와 그런 이야기를 나눈 다음 날 아침이었다. 뜻밖에도 다람쥐 말대로 내게 눈길을 주는 이가 있었다. 검은 테 안경을 낀 중년의 동양인 남자가 한참 동안 쳐다보더니 성큼 나를 사버리는 것이었다.

순간, 슬프기도 하고 기쁘기도 했다. 나의 운명은 이미 나의 것이 아니었다. 나는 한순간에 그 남자의 가방에 들어가게 됨으로써 수잔과 수잔의 노모와 다람쥐와 룸비니의 그 사랑하는 들판과 이별하게 되었다.

"잘 가, 나를 잊지 마. 룸비니를 잊지 마!"

나를 따라오며 소리치는 다람쥐의 목소리가 점점 멀어지자 나도 모르게 내 가슴은 눈물에 젖었다.

나는 그렇게 비행기를 타고 히말라야 산맥을 넘어 네팔에서 한국으로 오게 되었다. 나를 산 남자는 한국인이었고 서울에서 아내 없이 스무 살 아들과 단둘이 살고 있었다.

그는 여행가방에서 나를 꺼내 대뜸 책상 위에 올려놓았다. 그런데 책상 위 연필통 옆에 나를 둔 그 순간부터 몹시 걱정하는 표정을 지었다.

그의 표정을 보자 갑자기 내가 불안해져서 가만히 주변을 살펴보았다. 내가 있는 곳은 책장에 책이 많이 꽂혀 있는 그의 방으로 책상 위에 열댓 권의 시집과 노트북이 놓여 있었다.

"시인이세요?"

"아니다."

"시집이 많은데요?"

"시를 사랑해서 시를 읽는 사람이다."

그는 주로 자정 넘은 시간에 시를 읽었다. 시를 읽을 때는 시한 편을 읽고 한참 동안 나를 바라보았다. 어떤 때는 시 한 행을 읽고 나를 바라볼 때도 있었다. 그런데 나를 바라볼 때마다 그의 눈빛은 몹시 불안했다. 세상의 모든 걱정과 고민을 다 짊어진 듯한 표정을 지었다.

'시를 많이 읽어서 그런가?'

처음엔 그런 생각을 했으나 꼭 그런 것만은 아닌 것 같았다.

'넌 참 걱정이 많구나. 나한테 얘기해봐. 혹시 아니? 내가 네

걱정을 덜어줄지.'

나는 그를 위로해주고 싶었다. 걱정이 있다면 진정 그의 걱정을 나누고 싶었다.

그러나 그는 안타까운 눈빛으로 나를 바라보기만 할 뿐 늘 말이 없었다. 그래서 시를 쓰고 싶은데 시가 잘 써지지 않아 고민이 많나 보다 하고 생각했다.

그런 어느 날이었다.

평소와 달리 밤늦게 퇴근한 그가 책상에 앉자 술 냄새가 확 풍겼다.

"너, 술 먹었구나."

내가 반가운 목소리로 그를 반겼다.

"그래요, 부처님. 제가 사는 게 힘들어서 오늘은 술 좀 먹었어요."

뜻밖에 그가 내게 존댓말을 썼다.

나는 그에게 존대 받을 입장이 아니었다. 나는 그가 룸비니에서 사온 부처 형상을 한 순례 기념품일 뿐이었다.

"존댓말을 쓰지 마. 불편해. 부담스러워. 나는 너랑 친구가 되고 싶어."

그러나 그는 고개를 가로저었다.

술이 많이 취한 탓이었을까. 그는 두 손을 합장하고 나를 향해 고개를 자꾸 숙였다.

"그러지 마. 난 부처님 형상을 한 기념품일 뿐이야. 네가 돈을 주고 사온 상품이야, 상품. 가짜 부처야. 너도 잘 알면서 왜 그래?"

내가 그런 말을 해도 그 이후에도 그는 내게 계속 존댓말을 썼다. 나를 대하는 태도 또한 존댓말에 걸맞게 어느 산사 대웅전의 높은 연화대좌에 앉아 있는 부처님을 대하듯 했다.

그가 계속 나를 그렇게 대하자 처음에는 몹시 불편했으나 차차 그의 그러한 마음과 태도를 받아들이게 되었다. 그래서 나도 모르게 윗사람이 아랫사람에게, 부처가 중생에게 하는 말투를 지니게 되었다.

"힘들지 않는 삶이 어디 있는가. 부처님께서 인생은 고해(苦海)라고 말씀하시지 않으셨는가. 우리는 누구나 다 고통의 바다에 사는 한 마리 인간이라는 물고기야. 그것도 물속에 살면서도 목말라 하는 물고기⋯⋯."

나는 이렇게 순례 기념품 부처에서 진짜 부처님이 된 듯한 심사에 젖어들었다. 아마 그가 나를 단순한 기념품이 아니라 진정한 부처님으로 모시고자 하는 마음이 내게 깊이 전해진 탓이었을 것이다.

"네, 맞아요. 제가 그런 물고기이에요."

"그런데 물속에 살면서도 목이 마르다고 그 물고기가 뭍으로 기어 나오면 어떻게 되겠나. 뭍에 물이 없으니 더 목말라 죽을 수밖에 없지 않겠나. 그러니 아무리 물속에 살면서도 목이 말라도 그 물속에 살아야 되는 거야. 아무리 사는 게 힘들더라도 이 현실 속에서 열심히 살아갈 수밖에 없는 거야."

"네, 무슨 말씀이신지 잘 알겠습니다. 아무리 힘이 들어도 참고 열심히 살아야지요."

그는 내가 하는 말에 대해 늘 긍정하고 받아들이는 태도를 취했다.

그런 어느 날이었다. 그가 평소보다 일찍 퇴근해서 집으로 돌아왔다. 오후 다섯 시도 채 되지 않은 시각이었다. 그는 오자마자 나를 보고는 대뜸 "오늘도 온전히 잘 계셨군요." 하고 안도의 표정을 지었다.

"그럼 잘 있지, 내가 어디로 가느냐?"

"여기 잘 계시는지 걱정이 돼서요."

"왜 나를 걱정하느냐? 난 늘 내 자리에 잘 있어. 여기 앉아서 창틈으로 들어오는 바람과 햇살한테 가끔 룸비니 소식을 묻곤 해."

"네, 그러시군요. 정말 다행이에요. 그런데 전 걱정이 많아요. 당신이 흙으로 만든 부처님이라 방바닥에 떨어져 산산조각이 나면 어떡하나 하고 늘 걱정돼요. 저 아들 녀석이 당신을 장난감처럼 만지고 놀다가 떨어뜨리기라도 하면……."

"걱정하지 마. 난 방바닥에 떨어지지 않아. 늘 책상 위에 이렇게 있어."

"그래도 걱정이 돼요. 이렇게 집에 있어도 걱정, 밖에 나가도 걱정, 길을 걸어도 걱정, 지하철을 타도 걱정, 사람을 만나 이야기하다가도 걱정이 돼요. 흙으로 만든 부처님이라 방바닥에 떨어져 산산조각이 나면 어떡하나 하는 생각이 늘 들어요. 그래서 오늘은 너무 걱정이 돼서 허겁지겁 집에 빨리 들어왔어요."

그는 무척 진지했으며 진정 걱정하는 빛이 눈에 가득 어려 있었다.

"내가 그런 널 걱정해야 되겠구나. 왜 내일을 그렇게 걱정하니?"

"그러게 말이에요. 돌아가신 법정(法頂) 스님께서는 '오지 않은 미래를 오늘에 가불해 와서 걱정하는 사람만큼 어리석은 사람은 없다. 내일은 없다. 미래는 없다. 바로 오늘에 있다. 지금 이 순간을 열심히 살아라. 지금이 바로 그때다' 늘 이런 말씀을 하시는데, 저는 늘 내일을 걱정해요. 제가 그런 어리석은 사람이에요. 내 인생이 또 산산조각이 나면 어떡하나 하고요.'

그는 자신의 인생이 산산조각난 적이 있다면서 슬픈 표정을 지었다. 그래서 그의 어깨를 쓰다듬어주면서 내가 말했다.

"과거는 과거일 뿐이야. 과거는 불변의 세계야. 과거를 변화시킬 수 있는 사람은 아무도 없어. 우리가 할 수 있는 것은, 스스로 갇혀 있는 과거라는 감옥의 문을 열고 나오는 것뿐이야. 과거를 잊으라는 게 아니야. 법정 스님 말씀대로 항상 현재에 살도록 노력해야 돼."

나는 순례 기념품인 주제에 그만 룸비니에서 마을 사람들이 하는 말을 들은 기억이 나 그에게 말했다.

"과거의 상처, 과거의 분노, 과거의 증오, 과거의 불행을 오늘에 끄집어내어 오늘의 상처와 분노와 증오와 불행으로 만드는 것이야말로 어리석은 일이야. 그리고 미래는 예측불허의 세계야. 내일 당장 무슨 일이 일어날지 아무도 알 수가 없어. 그러니 내일 걱정을 오늘 하지 않는 게 좋아."

나는 그의 삶이 과거에 왜 산산조각이 났는지 묻지 않았다.

누구의 삶이든 산산조각나기 때문이었다.

나와 그런 이야기를 나눈 이후로 내일에 대한 그의 걱정과 불안은 다소 가라앉는 듯했다. 항상 현재에 살려고 노력함으로써 그의 마음속에 평화가 깃든 듯해서 오히려 내 마음이 편안해졌다. 그래서 그를 위해 기도하는 시간을 많이 가졌다. 그가 나를 부처님으로 섬기는 이상 나도 그 순간만큼은 그를 위한 부처가 되어야 했다.

그 뒤, 그와 함께 산 지 일 년쯤 지난 어느 날이었다. 밤에 깜빡 잠이 들어 있는데 인기척이 느껴져 눈을 뜨자 그가 거의 초죽음이 된 상태로 내 앞에 앉아 물끄러미 나를 바라보고 있었다.

그런 그를 보는 내 마음 또한 몹시 아렸다.

도대체 무슨 일이 있는 걸까? 무엇이 그를 저토록 죽음의 상태로 몰고 간 것일까?

어느새 나는 그를 아끼고 사랑하고 있었다.

"부처님, 한 말씀 드려도 되겠습니까?"

그가 먼저 입을 열었다.

"그래, 말해보아라."

그는 한참 동안 불안한 낯빛을 감추지 못하고 망설이더니 결심한 듯 입을 열었다.

"사업을 하는 친한 친구가 부도가 났는데, 제가 연대보증을 섰어요. 이제 그 친구의 빚을 몽땅 다 떠안게 되었어요. 채권자들한테 전화가 오고 난리가 났어요. 전화를 안 받으면 직장까지 찾아오고, 오늘은 집에도 찾아왔습니다. 제가 왜 보증을 섰는지 정말 후회막급입니다."

나는 그의 말을 듣고 갑자기 무슨 말을 해야 할지 얼른 판단이 서지 않았다.

"이 집도 채권자들한테 넘어가게 생겼어요. 그래도 빚을 다 갚긴 어렵습니다."

"친구는 지금 뭐라고 하는지⋯⋯."

"도망을 갔어요. 연락조차 안 됩니다. 이젠 전화 받기가 두려워요. 밥도 입에 안 넘어가요. 어릴 때부터 형제처럼 지낸 친구라 믿었는데, 보증 한번 잘못 섰다가 내 인생이 또 산산조각 났어요. 이제 어떻게 해야 할지 막막합니다."

그는 절망적인 표정을 지었다.

순간, 나도 그처럼 절망적인 심정이 되었다.

"일어서게 하기 위해서 너를 쓰러뜨리는 거다."

"일어날 수가 없어요. 이제 벽에 갇혔어요."

"벽은 문이다. 벽 속에 문이 있다. 모든 벽은 다 문으로 이루어져 있다. 그러니 그 문을 찾아라."

"벽밖에 보이지 않습니다."

나의 어떠한 위로의 말도 그에겐 아무 소용이 없었다.

나 또한 그를 어떻게 위로하고 힘을 북돋우어주어야 할지 알 수 없었다. 축 처진 그의 어깨를 쓰다듬는 일 외엔 아무것도 할 수 없었다.

한 달 뒤, 그는 나를 데리고 월세방을 얻어 이사를 갔다. 방 세 개가 있는 아파트에서 지하 단칸방으로 이사를 가게 된 그의 심정은 참담했다.

"여기에서 다시 일어서기를 하는 거야!"

나는 그렇게 이야기했으나 그는 더 큰 좌절과 절망에 빠져들었다. 예전과 달리 술을 먹는 일이 잦아졌다. 자칫 건강마저 잃을까 걱정이 될 정도로 술에 의존하는 날이 많아졌다.

그런 와중에 지적 장애 증세가 있는 그의 아들이 아무 말 없이 집을 나가버렸다. 아들은 평소에도 한번 집을 나가면 일주일이나 열흘씩, 어떤 때는 한 달이 넘어도 들어오지 않았다. 그러면 그는 아들이 간 곳으로 짐작되는 데마다 찾아다녔다. 그러나 이번에는 아예 아들의 행방을 알아볼 생각조차 하지 않왔다.

더구나 회사에 제시간에 출근하지 않는 일도 잦아졌다. 매달 월급의 대부분이 차압돼 채권자의 손으로 넘어가자 그는 출근하기가 싫어졌다. 자연히 결근하는 일이 잦아지고 그는 급기야 회사에서 권고사직을 당하고 말았다.

"부처님, 제가 이렇게 됐습니다. 앞으로 어떻게 살아야 할까요?"

그는 세상 모든 고통을 다 짊어진 듯 내 앞에 합장을 하고 고개를 숙였다.

"먼저 아들을 찾아야지. 아들한테 무슨 변고라도 생기면 어떡하는가."

"네, 부처님……."

그는 배낭을 메고 아들을 찾기 위해 집을 나왔다. 막막했다. 어디로 가야 할지 알 수 없었다. 우선 인근 공원이나 아파트 단지 놀이터 곳곳을 찾아다녔다. 혹시 싶어 가까운 야산 일대를 다 뒤져보아도 아들의 행방이 묘연했다. 휴대폰조차 제대로 사용할 줄 모르는 아들이라 전화 연락은 할 수 없었다.

어떤 때는 아들이 어디서 병들어 죽지 않았는지 덜컥 겁이 날 때도 있었다. 그러나 하루 이틀이 지나고 한 달 두 달이 지나자 아들을 찾겠다는 생각도 점차 옅어졌다.

그는 점차 지쳐갔다.

하루는 밤늦게까지 돌아다니다가 집으로 돌아가려고 하자 버스도 지하철도 막차가 이미 끊어져 있었다. 몸은 더 이상 한 걸음 내딛기조차 힘들 정도로 지쳐 있었다. 그래서 그는 그대로 지하철 통로 바닥에 주저앉아버렸다. 한번 주저앉자 일어나기가 싫었다. 그래서 배낭을 베개 삼아 길게 몸을 뉘어버렸다. 편안했다. 마치 방바닥에 누워 있는 듯한 편안함이 느껴졌다. 금세 잠이 쏟아졌다.

그렇게 그는 서울역 노숙자가 되었다. 노숙자가 되겠다고 마음먹은 적은 결코 없었지만 그의 삶이 그를 노숙의 길로 이끌었다.

한번 길바닥에 누우니 바닥이 그렇게 편안할 수가 없었다. 그는 바닥에서 평온을 얻었다. 채권자한테 더 이상 채무의 의무에 시달리지 않아도 되었다. 채권자들이 노숙하는 그를 찾아올 리 만무했다.

노숙 생활을 하면서도 그는 배낭에 늘 나를 넣고 다녔다. 나는 졸지에 노숙자 배낭 속에 사는 부처가 되었다. 그는 나를 넣고는 다녔지만 좀처럼 꺼내 보지는 않았다. 나는 답답했지만 그의 배낭을 나의 새로운 거처로 삼아야 했다.

그는 서울역 인근 노숙자 무료 급식소에서 끼니를 해결했다. 밥을 얻어먹고 나서는 하루 종일 서울역을 배회했다. 대합실에 앉아 TV를 보거나 어디론가 떠나가고 어디에선가 돌아오는 기차를 바라보는 일이 유일한 낙이었다. 가끔 시계탑 아래에 누워 시계가 세월의 시간을 빨리 흘러가게 해서 이 모든 상황을 빨리 변화 종식시켜줄 것을 염원했다.

그날도 그는 시계탑 아래 누워 술에 취한 채 잠들어 있었다. 그날따라 어떤 젊은이 한 명이 그의 머리맡에 컵라면과 물병 하나를 두고 갔다.

그는 인기척을 느끼고 부스스 일어나 오랫동안 컵라면을 바라보았다.

"속이 쓰릴 텐데, 컵라면이라도 먹어야지."

그는 내 말을 들었는지 인근 가게에 가서 뜨거운 물을 얻어 컵라면에 부었다.

"오늘이 초파일…… 부처님이 오신 날이야. 부처님께서 이 세상에 당신 같은 사람을 구제하려고 오신 날이지. 컵라면이지만 부처님이 주신 선물이다 생각하고 맛있게 들게나."

그는 내 말에는 아무런 대답도 없이 컵라면을 맛있게 먹었다. 국물 한 방울 남기지 않았다. 그러고는 기차가 내려다보이는 승강장에 올라 멀리 떠나가는 기차를 바라보았다.

나는 기차를 타고 어디론가 떠나고 싶었다. 멀리 고향 땅 룸비니의 푸른 들판이 눈앞에 어른거렸다. 그도 그런 내 마음을 알아차렸는지 가방 속에 넣어둔 나를 꺼냈다.

"부처님, 죄송해요. 저 때문에 부처님께서도 노숙자가 되셨어요."

"괜찮다."

"죄송해요. 하루속히 이 생활에서 벗어나고 싶은데 그게 잘 안 되네요."

"언젠가 그럴 때가 있겠지. 힘을 내."

그는 오랜만에 나를 대하는 게 기쁜지 따스한 눈빛으로 나를 바라보았다.

"집으로 돌아가거라. 혹시 아들이 와 있을지도 모른다."

"그러고 싶어도 그럴 수가 없어요. 채권자들이 또 나를 찾아올지도 몰라요."

"그렇지만 이런 생활을 계속할 수는 없는 게 아닌가. 힘을 내. 문제는 내 마음이야."

"힘을 내도 소용없어요. 하루하루 산산조각이 날 뿐이에요."

"허허……. 산산조각이 나면 산산조각을 얻은 것이고, 산산조각이 나면 산산조각으로 살아가면 되지 무슨 걱정이 그리 많은가."

나는 그의 머리를 한 대 쥐어박았다. 그에게 꼭 이 말을 해주고 싶었으나 그동안 좀처럼 기회가 없었다.

그는 말이 없었다. 한참 동안 뭔가 골똘히 생각에 젖어드는 표정이었다. 그러다가 화들짝 놀라는 표정으로 목소리를 크게 내었다.

"네, 부처님 말씀이 맞아요! 산산조각이 나면 산산조각을 얻은 거예요. 잃은 게 아니에요. 산산조각이 나면 산산조각으로 살아가면 돼요."

그는 한순간 얼굴이 환히 밝아왔다. 마음속에 뭔가 큰 변화가 일어나는 듯했다.

"무슨 일이든 일을 하도록 해. 그래야 몸과 마음이 건강해질 수 있어."

"네, 부처님! 부처님 말씀에 잘 따르겠습니다."

그는 노숙인 재활 프로그램 사업의 지원을 받아 일단 개인 파산 신청을 하고 채무로부터 벗어나 일을 하기 시작했다. 그것은 지하철 종각역 남성 공중화장실을 청소하는 일이었다.

"어떠냐? 일을 하니까 예전의 너 자신으로 돌아간 것 같지 않느냐?"

"네, 그렇습니다."

"이 공중화장실을 네 자신이라고 생각하고 늘 깨끗이 해라. 그러면 네 마음도 깨끗해지고 편안해질 것이다."

"네, 부처님!"

"주어진 이 일에 감사하고 만족할 줄 알아야 한다. 감사하고 만족할 줄 아는 사람은 맨땅에 살아도 편안하고 아늑하고, 감사하고 만족할 줄 모르는 사람은 설사 천상에 산다 할지라도 마음이 편안하지 않을 것이다."

"네, 부처님, 감사하는 마음, 만족하는 마음을 늘 잃지 않도록 하겠습니다."

그는 부지런히 일했다. 비록 단칸방이지만 다시 아들과 함께 살기 시작했다. 버려진 책상을 하나 주워 예전처럼 방 안에 들여놓고 책상 위에 나를 올려놓았다. 그리고 내 곁에 시집을 두고 가끔 시를 읽었다.

"부처님, 저 때문에 노숙하시느라 고생 많으셨습니다."

"아니다. 이 귀한 보금자리를 잃지 않도록 해라."

"네, 술도 담배도 끊었습니다."

"잘했다. 네가 종각역에서 일하니까 보신각종 이야기를 들려줘야겠다. 지금 종각역에 있는 보신각종은 원래 있던 종이 아니다. 원래 있던 종은 금이 가고 깨어져서 지금 용산에 있는 국립중앙박물관 종각에 따로 보관하고 있다. 그런데 지금 걸려 있는 종을 만드신 종장이께서 이런 질문을 하셨다. 예전 보신각종처럼 금이 가서 깨어진 종을 치면 무슨 소리가 날까?"

"글쎄요……."

"그야 깨어진 종소리가 나겠지. 그런데 완전히 깨어져서 조각조각난 종의 파편을 탕 치면 어떤 소리가 날까?"

"……."

"한번 답해보아라."

"깨어진 종의 조각이니까 그것 또한 깨어진 종소리가 나겠지요."

"아니다. 맑은 종소리가 난다. 완전히 깨어진 종의 파편 하나하나가 제 각기 하나의 종의 역할을 한다. 깨어진 종의 파편이므로 깨어진 종소리가 나리라고 생각되지만 그게 아니다."

"아, 네……."

"그러니까 어떻게 생각해야 될까. 네 삶이 하나의 종이라면 그 종은 이미 산산조각이 났다. 그러나 산산조각 난 내 삶이라는 종의 파편을 소중하게 거두어야 한다. 왜냐하면 종의 파편 하나하나마다 맑은 종소리가 나기 때문이다. 늦었다고 생각하지 말고 이제부터라도 네 삶의 고통의 파편들을 버리지 말고 소중히 여기거라. 종각역 통로 벽면에 예전 보신각종에 관한 사진과 그 내력이 잘 전시돼 있으니까 화장실 청소하다가 잠깐 쉴 때 자세히 살펴보거라."

"네, 부처님. 제게 힘과 용기를 주셔서 감사합니다."

"내게 감사할 필요는 없다. 감사는 네 자신에게 하면 된다."

"아닙니다, 룸비니 부처님. 그 먼 곳 룸비니에서 여기까지 오셔서 저를 도와주시니 참으로 감사드립니다."

지금 나는 그의 책상 위에서 마음 편히 살고 있다. 지하방이라 햇빛이 잘 들지는 않지만 지금만큼 평화로운 때가 없다. 한때는 내가 왜 룸비니에서 순례 기념품 부처로 태어나 여기 한국 땅에까지 와서 살게 되었는지 그 까닭을 알 수 없었으나 이제는 그 까닭을 알 수 있게 되었다.

때때로 나는 부처님의 고행상 형상을 한 단순한 모조품이 아니라 고행 끝에 진짜 부처님이 된 느낌이 들 때가 있다. 그럴 때마다 비록 순례 기념품이지만 룸비니에서 부처님의 형상으로 태어났다는 사실에 대해 깊이 감사하지 않을 수 없다.

참나무 이야기

첫눈이 내렸다. 가야산 다람쥐가 바위 틈새로 얼굴을 내밀고 하늘을 쳐다보았다.

"뜻밖에 첫눈이 빨리 내리는군. 올해는 도토리를 많이 주워 놓았으니 그래도 굶어 죽지는 않을 거야."

다람쥐는 자신의 부지런함에 대해 스스로 만족하는 웃음을 띠었다.

"아마 가야산 다람쥐 중에서 내가 가장 많이 도토리를 모아 놓았을 거야."

함박눈이 첫눈으로 내림으로써 가야산의 겨울은 이렇게 시작되었다.

다람쥐는 바위 틈새 깊이 파놓은 굴속에서 도토리를 먹으며 겨울이 지나가기를 기다렸다. 배가 고팠지만 가능한 한 도토리를 아껴 먹었다. 욕심을 내 도토리를 한꺼번에 많이 먹어도 금세 배가 고프기는 마찬가지였다.

"아껴 먹어야 해. 작년엔 봄이 오기도 전에 도토리가 떨어져 굶어 죽을 뻔했잖아."

다행히 도토리가 한 알 남았을 때 봄이 왔다.

새벽마다 멀리 산 아래 해인사에서 법고 소리와 종소리가 들려왔다. 겨우내 차갑게만 느껴지던 해인사의 종소리가 이제 봄 햇살처럼 따스하게 느껴졌다.

'이제 도토리 말고 다른 맛있는 걸 찾아 먹어야지.'

다람쥐는 굴 밖으로 나와 먹이를 찾아 나섰다. 이것저것 도토리보다 더 맛있는 것을 찾아 헤매는 동안 그토록 소중하게 생각했던 도토리의 존재를 잊어버렸다.

마지막으로 한 알 남아 있던 도토리는 참으로 다행이다 싶었다. 다람쥐의 먹이가 되어 죽음을 맞이하게 될 줄 알았으나 뜻밖에 살아남게 되었으니 이 얼마나 감사한 일인가.

'내가 살아남게 된 것은 해인사 부처님의 어떤 뜻이 있기 때문일 거야.'

도토리는 감사하는 마음으로 무릎을 꿇고 합장 기도를 올렸다.

"부처님, 감사합니다. 제 생명을 구해주셔서 무어라 감사의 기도를 올려야 할지 모르겠습니다. 저를 이제 당신의 뜻대로 한 그루 나무로 자라게 해주세요."

도토리는 거대한 참나무로 자라고 싶었다. 참나무가 되어 부모님처럼 가을이면 많은 열매를 맺어 배고픈 다람쥐들에게 겨울 먹거리를 제공해주는 그런 나무가 되고 싶었다.

"부처님, 저 다람쥐가 저를 먹지 않고 살려주었으니 저들을 위해 많은 열매를 맺는 나무가 되게 해주세요."

부처님께서는 그런 그의 기도를 외면하지 않고 들어주셨다.

가야산에 진달래가 피고 철쭉이 피고 산목련이 꽃잎을 하나 둘 떨어뜨릴 때 부처님께서 그를 참나무로 자라게 하기 위해 땅속 깊이 뿌리를 내리게 했다.

'어? 내 몸이 왜 이렇게 썩어 들어가지?'

그는 처음엔 자신의 몸이 땅에 파묻혀 썩어간다고 생각했다. 그래서 한 순간이나마 부처님을 원망하는 마음이 들었으나 그게 아니었다. 시원하게 불어오는 바람과 따스한 햇살이 몸에 닿는 순간, 그는 서서히 땅속에 뿌리를 내리기 시작했다.

도토리에서 한 그루 참나무로 자라게 된 것이다.

그는 자라면 자랄수록 이루고 싶은 꿈이 많았다. 나이 많은 다른 나무들이 베어져 산을 떠나는 것을 볼 때마다 세상에서 가장 훌륭한 목재가 되어 보다 보람된 삶을 살고 싶었다.

'내가 스님들이 불경을 공부하는 책상이 되면 어떨까? 밥상이나 발우는 또 어떻고? 아니야, 그건 꿈이 너무 작아. 내가 누구야? 나무 중에서도 가장 참되고 진실한 참나무잖아. 그러니까 보다 아름답고 귀한 존재가 되어야 해. 아직은 내가 무엇이 될지 모르지만 꿈은 클수록 좋아. 꿈의 크기가 삶의 크기야.'

그는 세월이 갈수록 꿈을 키워나갔다. 가을에 벌목꾼들이 산에 올라와 나이 많은 참나무를 베어낼 때마다 그의 꿈은 더욱 커져갔다.

'나는 나무로 만든 부처님이 되고 싶어. 내 비록 소나무는 아니지만 일본 교토 광륭사(廣隆寺) 목조미륵보살반가상과 같은 그런 미륵님이나 부처님이 되면 얼마나 좋을까. 아마 그런 목불(木佛)을 만드는 조각가가 지금쯤 어느 산사에서 나를 기다리고 있을 거야.'

그는 해마다 벌목꾼이 찾아올 때마다 그런 꿈을 잃지 않았다.

처음에 벌목꾼들이 산에 찾아왔을 때는 놀라지 않을 수 없었다. 도끼로 나무를 찍어 넘어뜨리는 것을 보고 비명을 지를 뻔했다.

"걱정하지 마. 내 비록 이렇게 쓰러진다 해도 다른 데에 귀하게 쓰이기 위해서야. 나무는 죽지 않아. 변화의 과정만 겪는 거야."

"지금 죽어가면서도 죽지 않는다고 말씀하시다니요?"

"그래, 네 눈에는 그렇게 보일 거야. 그렇지만 그게 아니야. 죽는 게 다시 사는 거야."

오랫동안 이웃에서 함께 살던 어른 참나무가 그런 말씀을 했지만 놀란 가슴은 진정되지 않았다. 아무리 생각해도 그것은 참나무의 죽음이 아닐 수 없었다.

"아프지 않으세요?"

"아프긴 아프지. 왜 아프지 않겠니. 온몸에 피가 철철 흐르는데……."

"그럼 어떡해요? 제가 도와드릴까요?"

"아니, 괜찮아. 이대로 참고 견뎌야지. 다시 태어나기 위해서는 이런 고통의 과정을 겪지 않으면 안 돼."

다시 태어난다는 것은 '나무에게는 죽음이 없다'는 사실을 의미하는 것이었다. 어떠한 고통을 겪는다 할지라도 육체의 형태만 여러 가지로 달라질 뿐 나무라는 영혼은 죽지 않는다는 것이다.

그날 그는 벌목되는 어른 참나무의 말씀을 통해 더욱 큰 꿈을 갖게 되었다.

'저런 고통을 겪어야 한다면 평범한 꿈을 꾸어서는 안 돼. 나는 소나무가 아니니까 대웅전 대들보가 될 수는 없을 거야. 아니야. 그래도 대들보가 되어 대웅전에서 부처님을 모셔야지. 절을 짓는 대목장님께서는 나의 진가를 알아보실 거야.'

그는 산사의 대웅전 대들보가 되어 부처님을 모시는 꿈을 꾸었다. 그 꿈은 곧 그의 삶의 목표가 되었다.

'목표를 세우면 목표가 나를 이끈다고 하잖아.'

그는 해가 거듭될수록 그 목표를 잃지 않고 가슴에 새기고 또 새겼다.

그런 어느 날이었다. 아침 일찍 산을 올라오는 한 아저씨의 발소리가 들렸다. 그의 손에는 도끼가 들려 있었다.

그는 숨을 죽였다. 아저씨의 발소리가 바로 자기 앞에 멈췄기 때문이었다.

"이 녀석이 좋겠군. 다비(茶毘)할 때는 굵지도 얇지도 않은 이런 녀석이 좋아. 그래야 불이 잘 붙거든."

아저씨는 도끼를 손에 쥔 채 한참 동안 그를 살펴보았다.

'아, 나에게도 죽음의 순간이 찾아왔구나.'

그는 한순간 눈앞이 캄캄해졌다. 무서움에 저절로 몸이 움츠러들었다. 할 수만 있다면 멀리 산 아래로 도망쳐버리고 싶었다.

"아저씨, 저를 이대로 그냥 두세요. 저는 이곳에 살고 싶어요. 다람쥐와 새들이 저를 매일 찾아오는 걸요."

그는 도끼 든 아저씨를 바라보고 애걸하는 표정을 지었다.

"살려주세요, 아저씨!"

아저씨는 그를 살려주지 않았다. 도끼를 들고 이리저리 한참 그를 쓰다듬다가 아무 말 없이 힘껏 도끼질을 하기 시작했다.

"쿵!" 하는 소리가 산을 울리며 터져 나왔다.

아팠다. 팔다리가 찢어지고 심장이 터질 것만 같았다.

'그래도 참아야 해. 내가 부처님을 모시는 집이 되기 위해서는 견뎌내야 해. 이건 죽음이 아니야. 다시 태어나기 위한 하나의 과정이야.'

그는 참고 참다가 그만 도끼에 발목과 무릎이 찍혀 픽 쓰러지고 말았다.

쓰러진 그는 다시 토막토막 잘려져 해인사 일주문 부근에 있는 어느 집 안마당에 던져졌다.

'대들보가 되려면 내 몸이 동강 나지 않아야 하는데 벌써 동강 나고 말았잖아.'

그는 깊은 슬픔에 잠겼다. 산사의 대들보가 되겠다는 꿈을 포기해야 하는 아픔을 견디기 어려웠다.

"우선 좀 말렸다가 스님께 갖다 드려야지. 그래야 스님께서 장작을 잘 패실 수 있지."

그는 토막 난 몸으로 땅바닥에 드러누워 온몸이 햇볕에 말라가기 시작했다.

몇 날 며칠이 지났는지 모른다.

그가 어디로 옮겨지는 것 같아 번쩍 눈을 떴을 때는 이미 지게에 실려 가야산을 향해 올라가고 있을 때였다. 그는 별들이 채 사라지지 않은 새벽녘에 도대체 어디로 가는 것인지 궁금하지 않을 수 없었다.

"박새야, 도대체 내가 어디로 가는 거니?"

지게 뒤를 계속 따라오는 박새한테 말을 걸었다.

"아마 큰스님한테 갈 거야."

"왜? 큰스님이 누군데?"

"나도 잘 모르지만, 아마 넌 나중에 장작이 될 거야."

"장작? 장작이 뭔데?"

"나도 잘 몰라, 일단 가보면 알아."

그가 도착한 곳은 가야산 중턱에 있는 '백련암(白蓮庵)'이라는 암자였다. 높은 계단을 한참 올라간 뒤 부처님 얼굴 모양을 한 '불면석(佛面石)'이라는 바위가 우뚝 앉아 있는 마당에 도착했을 때는 해가 가야산 위로 훌쩍 치솟아 올랐을 때였다.

"올해도 수고했다. 이 녀석만으로도 충분하니 아침 공양을 하고 가거라."

크고 둥근 얼굴에 온화한 미소를 띤 스님 한 분이 지게에서 그를 내려놓은 아저씨에게 말했다.

"네, 큰스님. 혹시 몸이 불편하시면 제가 장작을 패 드릴까요?"

"아니다. 내가 쓸 것이니 내가 패겠다."

그는 스님을 통해 비로소 장작이 무엇인지 알게 되었다. 장작을 팬다는 것은 토막 난 그의 몸이 다시 더 잘게 쪼개지게 만드는 것이었다. 스님께서 도끼를 들고 그를 힘껏 내리치시는 것이 바로 장작을 패는 것이었다.

그는 아팠다. 눈물이 주르르 흘렀다.

"스님, 왜 저를 이토록 고통스럽게 하시는지요?"

스님은 아무런 말씀이 없으셨다.

"저를 어디에 쓰시려고 이렇게 아프게 하십니까? 저를 이대로 그냥 두면 아니 되시옵니까?"

스님은 여전히 아무런 말씀 없이 도끼를 쥔 손에 힘을 더 주었다.

"저는 원래 대웅전 대들보가 되고자 하는 큰 꿈을 꾸었는데, 이제 그 꿈마저 이렇게 쪼개지고 말았습니다."

그는 도토리에서 참나무가 되었다가 이제는 장작이 되고 말았다.

장작이 된 그는 큰스님이 기거하시는 좌선실(坐禪室) 툇마루 밑에 차곡차곡 쌓이게 되었다. 그곳엔 그보다 먼저 장작이 된 참나무 장작들이 가득 차 있었다.

"어서 와, 형제여. 식구가 된 것을 환영하네. 우리는 올해도 너를 기다리고 있었다네."

얼핏 보기에도 나이가 무척 들어 보이는 장작이 그에게 손을 내밀었다.

"네, 고맙습니다."

그는 여러 장작들과 함께 있게 되었다는 사실에 적이 마음
이 놓였다.

"그런데 왜 다들 여기에 이렇게 계세요? 저도 왜 여기 오게
되었는지 도무지 알 수가 없습니다."

그는 먼저 와 있는 장작들이야말로 그의 궁금증을 풀어줄
것이라고 여겼다. 그러나 그게 아니었다.

"우리도 왜 여기 툇마루 밑에 장작이 되어 쌓여 있는지 몰
라. 이렇게 장작이 돼 쌓여 있은 지 벌써 10년도 더 됐어. 큰스
님께서는 해마다 참나무 장작을 손수 패서 이렇게 당신이 기
거하시는 좌선실 툇마루 밑에 쌓아두셔."

"왜 그러시는데요?"

"그건 우리도 모르지."

"큰스님께서 그렇게 하지 않으시면 우리가 가야산에 그대
로 살고 있을 텐데 도대체 왜 그러시는 것인가요?"

"내가 아는 건 그것뿐이야. 그러니까 더 이상 묻지 마. 이게
내 운명이려니 하고 그냥 숨죽이며 살아갈 뿐이야."

"그 높고 넓은 곳에 살던 우리가 어떻게 여기 툇마루 밑에서
살아갈 수 있어요? 정말 답답해요."

그는 위에서 짓누르는 장작의 무게에 숨이 막힐 것 같았다.

"그래도 참고 살아갈 만해. 가야산이 한눈에 다 내려다보여서 좋아. 좀 춥기는 하지만 겨울엔 눈 덮인 가야산이 아름다워. 봄이 오면 가야산의 신록도 아름답고. 같은 신록이더라도 그 빛깔이 다 다르지. 그래서 더욱 아름답고 찬란해."

그는 나이 든 참나무 장작의 말이 귀에 들어오지 않았다. 아름다움이 고통스러운 그를 구원해줄 수는 없는 일이었다. 신이 행복과 불행을 반반씩 골고루 지니고 살게 한다면 이제 본격적으로 불행의 삶이 시작되었다는 생각에 슬픔을 금할 수 없었다.

그런 어느 날 초가을이었다. 백련암 지붕 위로 보름달이 휘영청 떠오른 날 밤이었다.

그는 우연히 큰스님의 상좌 원택 스님이 큰스님을 인터뷰하러 온 기자한테 하는 말을 엿듣게 되었다.

"정 기자님, 저기 좌선실 툇마루 밑에 참나무 장작이 가득 쌓여 있는 게 보이시죠? 거기 왜 장작이 있는지 아시겠어요?"

"글쎄요. 겨울에 쓰시려고 미리 준비해놓으셨겠지요."

"다들 그렇게 생각하지만 그게 아니랍니다. 저건 큰스님께서 당신 다비하실 때 쓰시려고 해마다 참나무를 사서 손수 장작을 패 저렇게 쌓아놓으신 거랍니다. 당신의 죽음을 직접 준비하시는 것이지요."

"아, 그렇군요. 예사 장작이 아니군요. 항상 죽음을 준비하면서 살라는 가르침이 숨어 있군요."

"그렇습니다. 다비할 땐 참나무 장작이 가장 좋습니다. 저는 저 장작을 볼 때마다 당신의 법체(法體)를 활활 불태우는 큰스님을 상상하곤 합니다. 그 어느 다비의 불길보다 아름다울 것입니다."

그는 두 분의 대화를 엿듣고 비로소 왜 장작이 되어 툇마루 밑에 쌓여 살게 되었는지 알 수 있었다. 스님이 돌아가셨을 때 스님의 육신을 불태우는 것을 '다비'라고 한다는 것 또한 짐작할 수 있었다.

'스님의 법체를 불태우면 나 또한 불타버릴 텐데 어떡하나……'

다비할 때 쓰는 장작이 되어 자신의 존재 또한 불타 사라질 수 있다는 사실에 그는 걱정부터 앞섰다. 지금은 장작으로나마 존재하고 있으나 다비를 할 경우, 장작으로서 존재하는 것조차 불가능해지는 것이다.

'그러니까 스님께서 입적(入寂)하지 않으셔야 해. 돌아가시지 않으면 내가 불태워질 염려 또한 없어지는 거니까.'

그날부터 그는 큰스님께서 돌아가시지 않기를 간절히 소망하는 마음을 품었다. 틈나는 대로 큰스님의 건강을 위해 기도하는 시간을 가졌다. 그러나 그것은 이루어질 수 없는 한낱 바람에 불과했다.

가야산에 단풍이 모두 잎을 떨어뜨리고 겨울의 발걸음 소리가 가까이 들려오던 11월 어느 날. 큰스님이 해인사로 내려가셔서 돌아오지 않았다. 큰스님이 해인사에서 입적하셨다는 것이다.

큰스님이 돌아가셨다는 소식에 그는 다시 깊은 슬픔에 빠졌다. 그래도 가끔 장작을 쓰다듬으시면서 정을 담뿍 주시던 스님이 아니셨던가.

"너희들, 힘들제? 그래도 참고 견디거라. 견딤이 쓰임을 낳는 법이다. 견디고 기다리다 보면 크게 쓰일 때가 있을 것이다."

큰스님이 입적하시자 백련암 건너편 가야산 중턱에 다비장이 마련되고 연화대(蓮花臺)가 만들어졌다. 한지를 붙여 큰 연꽃 모양으로 만든 연화대에 큰스님의 법체가 놓이고 그 주위로 좌선실 툇마루에 쌓여 있던 참나무 장작이 놓여졌다.

다비장엔 수많은 인파가 그야말로 인산인해(人山人海)를 이루었다. '이 뭐꼬?' '자기를 바로 봅시다' '자기를 속이지 말거레이' '남을 속이는 것은 좀도둑, 자기를 속이는 것은 큰 도둑' '산은 산, 물은 물' 등의 먹 글씨가 써진 만장(輓章) 수십여 개가 바람에 나부꼈다.

그는 마음을 가다듬고 연화대에 불이 붙기만을 기다렸다.

'이제 내 소임을 다해야 해. 내 비록 목불이나 산사의 대들보가 되기를 소망했으나 이렇게 큰스님의 법체를 다비하는 장작이 된 것도 뜻 깊은 일이야. 분명 부처님의 어떤 거룩한 뜻이 있어서일 거야. 만일 내가 장작이 되지 않았다면 스님의 법체를 누가 다비할 수 있겠어. 스님은 이제 헌 옷을 벗고 새 옷을 입으시려고 극락에 가시는 거야.'

그는 스님의 법체를 온전히 불태우는 아름다운 불꽃이 되기를 소망하며 고요히 눈을 감았다.

그동안 남을 미워했던 여러 가지 일들이 한순간에 떠올랐다. 도토리를 겨울 양식으로 삼는 다람쥐를 미워했던 일, 겨울잠에서 일찍 깨어나 도토리를 훔쳐 먹으려고 굴속으로 기어들어온 뱀이 죽기를 소원했던 일, 늘 거센 비바람을 몰고 오는 태풍을 원망했던 일 등이 후회되었다.

'이제 참회해야 해. 나는 새들이 날아와 앉는 걸 늘 싫어했어. 새들은 내가 좋아서, 좀 편히 쉬고 싶어서 찾아온 건데 새똥이 내 몸에 떨어진다고 새들을 늘 쫓아버렸어. 여름에 매미가 내 몸에 붙어 시끄럽게 울어대는 것도 정말 싫어했어. 지금 생각해보니 다 내 잘못이야. 나는 목불이 될 꿈을 꾸면서 오만하기 짝이 없었어. 겸손함을 몰랐어. 큰스님께서는 늘 자기를 바로 보라고 말씀하셨는데, 나는 나를 들여다본 적이 없어. 목불이 되고자 했던 것도, 산사의 대웅전 대들보가 되고자 했던 것도 다 나를 바로 보지 못했기 때문에 그런 헛된 꿈을 꾼 거야. 내가 나를 속인 거야.'

그는 지난날의 어리석음과 잘못을 참회했다. 그리고 도토리로 태어나 참나무 장작으로나마 열심히 살아온 세월에 대해서 감사했다. 아름다운 불길로 육신이 사라진다 해도 그 영혼만은 영원히 아름답게 남을 것임을 굳게 믿었다.

"스님, 불 들어갑니다!"

젊은 제자 스님들이 솜방망이가 달린 긴 장대 끝에 불을 붙여 연화대에 갖다 대었다. 거화의식(擧火儀式)이었다. 불길은 순식간에 연화대를 불태웠다. 제자 스님들이 연화대 주변에서 한 걸음 물러나 눈물을 흘렸다. 다비장에 모여든 수많은 사람들도 두 손을 모으고 연화대를 향해 절을 했다.

연화대에 불이 붙는 순간, 그의 온몸 또한 뜨거운 불길에 휩싸이기 시작했다.

'스님, 저도 부처님 곁으로 데려가주세요.'

그는 자신의 몸을 뜨겁게 불태우면서 동시에 스님의 법체를 불태우기 시작했다.

찬바람이 조금만 불어와도 불길은 더욱 거세게 타올랐다.

아름다운 다비의 불길은 새벽이 되어도 꺼지지 않았다.

늦가을이지만 산 속이라 사방에서 겨울인 듯 차가운 한기가 몰려왔다. 그 시각까지 남아 큰스님의 영생 극락을 기도하던 사람들은 엄습해오는 추위에 몸을 떨었다. 그러다가 자신들도 모르게 다들 불길 가까이 다가가 모닥불을 쬐듯 불을 쬐었다.

'도대체 이 불은 무슨 불인가. 큰스님의 법체가 타는 불이 아닌가. 아, 큰스님은 당신을 태워 저렇게 다른 사람들을 따뜻하게 해주시는구나!'

이제 참나무 숯이 된 그는 큰스님에 대한 감동으로 온몸이 더욱더 발갛게 타올랐다.

'아, 나도 나를 태워, 이제는 숯이 되어, 저 사람들을 따뜻하게 해주는구나!'

그는 비로소 참나무의 존재의 의미를 확연히 깨달을 수 있었다. 그것은 자신을 태워 숯이 됨으로써 남을 따뜻하게 해주는 것이었다.

다비의 불길은 이튿날 정오가 지나서야 서서히 사그라지기 시작했다.

스님들은 만장에 쓴 대나무로 울타리를 만들어 사람들의 접근을 막았다. 그리고 오후 늦게까지 재가 식기를 기다려 흰 장갑을 끼고 사리(舍利) 수습에 들어갔다.

큰스님의 법체에서 나온 수십 개의 사리는 형언할 수 없을 정도로 영롱했다. 인간의 영혼의 보석이 있다면 바로 큰스님한테서 나온 사리일 것이다.

지금 해인사에는 큰스님의 사리탑이 세워져 있다. 참나무 장작 또한 다비의 불꽃이 되어 사라졌지만 사리탑 안에서 스님과 함께 부처님을 기리며 영원을 살고 있다.

플라타너스

내가 한 그루 플라타너스로서 자긍심을 갖게 된 것은 어디까지나 김현승(金顯承) 시인의 시 「플라타너스」 때문이다.

나는 지금 삼성아파트 정문에서 10여 미터 떨어진 한쪽 구석에 살고 있다. 내가 사는 이곳은 아파트가 들어서기 전부터 오랫동안 대대로 뿌리내리고 살아오던 나의 고향이다.

"이 나무는 베지 말고 그대로 둬. 이곳에 아파트 정문이 들어설 건데, 이런 나무가 정문 곁에 있으면 얼마나 좋아. 주민들이 다들 좋아할 거야."

감사하게도 누군가가 이런 말을 하면서 나를 살려놓았다. 나는 이 말 한 마디 때문에 죽음을 모면하고 아직 한 그루 플라타너스로서 존재하고 있다.

아파트가 들어선다는 말을 처음 들었을 때는 이미 죽을 각오를 하고 있었다. 아파트를 짓기 위해서는 부지 안에 있는 나무를 모두 옮겨 심거나 베어내지 않으면 안 된다. 그런데 다행히 누군가가 나를 베어내지 않고 그대로 둔 것이다. 그 사람은 아마 아름드리 플라타너스가 정문 옆에 서 있으면 아파트가 더 아름다워질 것이라고 생각했을 것이다.

그렇다. 나는 아파트 때문에 아름다워지지 않지만, 아파트는 나 때문에 아름다워진 게 사실이다. 주민들은 대부분 아파트 정문 곁에 키 큰 플라타너스 한 그루가 서 있는 것을 큰 자랑거리로 여겼다. 크리스마스가 다가오면 내 몸에 작은 전구를 친친 감아 밤새도록 반짝거리게 해 잠 못 들게 할 때도 있지만 주민 대부분은 나를 아껴주었다. 언제부터인가 내 앞에 긴 나무의자도 하나 놓아두어 오가는 사람들이 그 의자에 앉았다 쉬어 가게 함으로써 나를 외롭지 않게 만들었다.

의자에는 아이들이 하학 길에 친구들이랑 떡볶이를 먹고 가기도 하고, 또 어떤 때는 산책 나온 노인들이 지팡이를 기대 놓고 한참 동안 쉬었다 가기도 했다.

그중에서도 삼성여고에 다니는 소녀 한 명이 유독 나를 자주 찾아왔다. 소녀는 학교 공부가 다 끝나고 집에 들어갈 때마다 꼭 의자에 앉아 있다 가곤 했다.

의자에 앉아 주로 책을 읽고 갔다. 길게는 한 시간도 앉아 있었지만 짧게는 10분이라도 앉아 책을 읽었다. 문학소녀인지 읽는 책은 주로 시집이나 소설책이었다.

"왜 집에 가서 읽지 여기서 읽니?"

한번은 내가 심심하던 차에 말을 걸었다.

"집에 가면 엄마가 이런 책 읽는다고 야단쳐요. 대학 갈 공부는 안 하고 엉뚱한 책 읽는다고요. 그래서 한 쪽이라도 읽고 가는 게 좋아요."

"그렇구나. 난 나를 좋아해서 찾아오는 줄 알았지."

"하하, 좋아하고말고요. 플라타너스 그늘에 앉아 있으면 얼마나 좋은지 몰라요. 여기 앉아서 책을 읽으면 머리에 쏙쏙 들어와요."

"다행이구나. 넌 나중에 뭐가 되고 싶은데?"

"시인이 되고 싶어요."

"지금도 시인인 걸. 시집을 읽는 사람은 모두 다 시인이야."

소녀는 내 말에 함박웃음을 터뜨렸다.

"고마워요, 플라타너스. 나를 시인이라고 말씀해주셔서……."

소녀는 손을 흔들며 인사를 하고 돌아섰다가 얼른 다시 와서 말했다.

"이 말을 꼭 하려고요. 오늘부터 플라타너스를 나의 나무로 정했어요."

말을 끝내자마자 소녀가 갑자기 나를 꼭 껴안아주었다.

'나의 나무? 그러면 내가 저 소녀의 나무가 되었단 말인가?'

나는 가슴이 뿌듯했다. '누군가의 사랑을 받는다는 것이 이런 것이구나!' 하는 생각에 나도 모르게 가슴 깊숙한 곳에서 그 어떤 기쁨이 솟아올랐다.

나는 소녀를 통해 기다림을 배우게 되었다. 소녀는 내가 기다릴 때마다 찾아와 책을 읽고 나를 쓰다듬어주고 안아주었다.

그런 어느 가을날이었다. 내가 커다란 낙엽을 땅에 떨어뜨리기 시작했을 때였다. 그날따라 소녀가 읽고 있던 시를 크게 소리를 내서 읽어주었다.

"플라타너스야, 내가 읽어줄 시가 있어. 이 시는 김현승 시인이 너를 위해 쓴 시야. 제목이 「플라타너스」야. 한번 들어 보렴!"

나는 눈을 감았다. 감은 눈에 햇살이 눈부시게 어른거렸다.

시를 읽는 소녀의 목소리가 햇살에 투명하게 들려왔다.

꿈을 아느냐 네게 물으면

플라타너스

너의 머리는 어느덧 파아란 하늘에 젖어 있다

너는 사모할 줄 모르나

플라타너스

너는 네게 있는 것으로 그늘을 늘인다

먼 길에 올 제

호올로 되어 외로울 제

플라타너스

너는 그 길을 나와 같이 걸었다

이제 너의 뿌리 깊이

나의 영혼을 불어 넣고 가도 좋으련만

플라타너스

나는 너와 함께 신(神)이 아니다!

수고론 우리의 길이 다하는 어느 날

플라타너스

너를 맞아 줄 검은 흙이 먼 곳에 따로 있느냐?

나는 오직 너를 지켜 네 이웃이 되고 싶을 뿐

그곳은 아름다운 별과 나의 사랑하는 창(窓)이 열린 길이다

"어때? 이 시 좋지?"

소녀가 나를 가을볕이 스민 맑은 눈동자로 쳐다보았다.

"내가 시를 뭘 알아야지. 그렇지만 마치 네가 나를 향해 사랑을 속삭이는 것 같아."

"맞아. 이 시에 내 마음이 다 담겼어. 이 시는 영원한 사랑을 노래하는 시야. 나도 널 영원히 사랑할 거야."

나는 그날 깨달을 수 있었다. 내가 살아남아 아파트를 아름답게 하는 존재가 된 것이야말로 내 자긍심을 키우는 일인 줄 알았으나 그게 아니었다. 김현승 시인의 시 「플라타너스」야말로 내 존재의 자긍심을 지니게 하는 일이었다.

나는 그 시를 단박에 외워버렸다. 바람 부는 날이면 언제나 그 시를 낭송했다.

꿈을 아느냐 네게 물으면

플라타너스

너의 머리는 어느덧 파아란 하늘에 젖어 있다

시의 첫 연만 낭송해도 내 마음은 이미 푸른 하늘과 하나가
된 느낌이 들었다.

나는 내가 낭송하는 시가 바람결을 타고 멀리 다른 나무들
의 마음속으로 전해지길 바랐다.

"이 세상에 시를 낭송하는 나무는 너밖에 없어."

소녀는 내가 시를 낭송할 때마다 나를 꼭 껴안아주었다.

그렇게 가을이 지나고 겨울이 가고 봄이 왔다.

며칠째 소녀가 보이지 않더니 시무룩한 얼굴로 나를 찾아
왔다.

"플라타너스야, 나, 이사를 가야 해. 아빠가 빚이 좀 많았나
봐. 이 집을 팔고 다른 데로 가. 서울을 떠나게 될 거야. 멀리 바
다가 있는 데야."

나는 소녀의 말에 가슴이 덜컥 내려앉았다. 나에게 「플라
타너스」 시를 알려줌으로써 내 존재의 가치를 일깨워준 소녀
가 아닌가.

"나의 나무야, 잘 있어. 또 만나."

소녀는 그렇게 나를 떠난 후 돌아오지 않았다.

나는 소녀가 이사 간 곳으로 가보고 싶었다. 바다는 어떠한 곳이며 어디에 있는가. 바다에는 누가 살고 있는가.

그러나 나는 나무이므로 움직일 수가 없었다. 그 자리에 그대로 뿌리내리고 살아야 하는 존재였다.

다시 봄이 오고 어느 날 내 높은 나뭇가지에 까치가 집을 짓기 시작했다. 한 번도 만난 적 없는 처음 보는 까치였다.

"넌 어디서 왔니?"

내가 말을 걸었다.

"멀리 바다가 있는 곳에서 왔어."

"바다?"

'바다'라는 말에 갑자기 내게 시를 들려주던, 바다가 있는 곳으로 이사 간 소녀가 떠올랐다.

"나도 바다에 가보고 싶다."

그때만큼 내가 바다에 가보고 싶은 순간은 없었다.

"넌 갈 수 없어. 여행을 못해. 여기에 그대로 뿌리내리고 있어야 해. 나무는 움직일 수가 없는 거야."

냉정하게도 까치는 단호한 목소리로 말했다.

"넌 그렇지만 난 자유롭지. 하늘을 날며 마음대로 여행을 해. 여행을 못하고 평생 한 곳에서만 사는 네가 안타깝군."

나는 아무런 대꾸도 하지 못했다. 까치의 말이 사실이며 옳은 말이었기 때문이다. 그렇지만 나는 까치처럼 여행을 하고 싶었다.

'어떻게 하면 나도 여행을 할 수 있을까. 바다에 가볼 수 있을까.'

허구한 날 나는 그런 생각을 버릴 수 없었다. 그러자 하루는 까치가 집을 다 완성하고 나서 내게 말했다.

"집을 지을 수 있도록 허락해줘서 고마워서 하는 말인데, 네 뿌리한테 한번 부탁해봐. 뿌리가 움직이지 않으니까 네가 움직일 수 없는 거야. 움직일 수 없으니까 여행을 할 수 없는 거지."

그날 나는 당장 뿌리에게 부탁했다.

"네가 움직이는 뿌리가 되면 안 되니? 우리 움직이는 나무가 되어 멀리 바다가 있는 곳으로 여행을 한번 떠나보자."

내가 아무리 말을 해도 뿌리는 아무 대답이 없었다. 침묵의 뿌리였다.

나는 여행을 너무 하고 싶은 나머지 까치에게 그동안의 여행 이야기라도 좀 들려달라고 부탁했다. 까치는 알을 낳고 새끼를 키우는 바쁜 나날 속에서도 집을 짓게 허락해준 고마움을 잊지 않고 가끔 여행 이야기를 들려주었다.

"바다엔 푸른 바닷물이 한없이 넘실대. 바람이 조금만 불어도 파도가 일어. 소나무가 있는 높은 절벽에 파도가 치면 그 거친 물보라가 장관이야. 아침에 먼 수평선에 해가 뜨면 정말 아름답지. 수평선 너머엔 섬이 있고, 그 섬에 갈매기라는 멋진 새도 살아."

까치의 여행 이야기를 듣는 일은 참으로 즐거운 일이었다. 그러나 까치의 이야기를 들으면 들을수록 나는 더 바다로 여행을 하고 싶었다. 나도 까치처럼 하늘을 날고 싶었고, 사람처럼 뚜벅뚜벅 땅 위를 걸어 다니고 싶었다.

문제는 내 말을 전혀 들어주지 않는 뿌리에게 있었다. 뿌리는 어떠한 일이 있어도 조금도 움직이지 않고 군건하게 땅속 깊이 뿌리를 내리고 있었다. 아니, 시간이 가면 갈수록 점점 더 땅속 깊게 뿌리를 내리고 있었다.

나는 나의 뿌리가 미웠다. 어떻게 하면 뿌리가 내 말을 들을 수 있을까 하고 곰곰 생각해보았으나 뾰족한 수가 없었다.

'잎을 없애고 가지를 부러뜨릴까?'

그건 그럴 수 없는 일이었다. 가지가 있어야 잎이 무성해지고, 잎이 무성해져야 내가 아름다울 수 있었다.

그때 문득 여름에 태풍이 불어왔을 때 가로수들이 하늘로 뿌리를 드러내고 길바닥에 쓰러진 것을 본 일이 떠올랐다.

'맞아, 태풍이 불어와야 해. 내 힘으로 뿌리를 드러낼 수는 없어. 여름이 올 때까지 기다려 태풍의 힘을 빌려야 해.'

나는 인내심을 가지고 여름을 기다렸다.

여름이 오자 내가 기다리던 태풍이 불어왔다.

태풍에 뿌리가 뽑혀 하늘로 드러나기를 간절히 소원했다.

내 소원대로 태풍의 강한 바람에 뿌리가 뽑혔다.

드디어 나는 길바닥에 쓰러진 채 하늘로 드러난 뿌리에게 말했다.

"뿌리야, 일어나. 일어나서 걸어. 이제 땅속을 벗어났잖아. 바다로 가자."

뿌리는 내가 아무리 말해도 쓰러진 채 그대로 누워 있었다.

나는 하는 수 없이 나 혼자만의 힘으로 걸으려고 발을 앞으로 내디뎠다.

'이제 나는 내 뿌리로부터 자유로운 거야.'

그러나 꼼짝도 할 수 없었다. 단 한 걸음도 앞으로 나아갈 수가 없었다. 뿌리가 쓰러지자 나도 쓰러진 거였다. 뿌리가 일어나지 않으면 나 또한 일어날 수 없는 거였다. 뿌리를 미워한 나머지 뿌리가 바로 나 자신이라는 사실을 잊고 있었다.

"미안하다, 뿌리야. 네가 없으면 나 또한 있을 수 없어. 넌 바로 나야. 미안해."

나는 나의 뿌리에게 진정 미안했다. 그동안 내가 존재할 수 있었던 것은 내게 뿌리라는 존재가 있었기 때문이었다.

"뿌리가 있어야 나무야. 뿌리가 없으면 나무는 살 수가 없어. 나무는 뿌리만큼 자라는 거야."

태풍이 지나간 뒤 아파트 주민들이 나를 다시 일으켜 세워주었다. 원래 있던 자리에 다시 정성껏 뿌리를 심어주었다.

나는 아파트 주민들이 너무 고마워서 내 마음속에 있는 시 「플라타너스」를 낭송해드렸다.

이제 너의 뿌리 깊이

나의 영혼을 불어 넣고 가도 좋으련만

플라타너스

나는 너와 함께 신이 아니다!

김현승 시인은 이 시를 통해 플라타너스 뿌리에 사랑의 영혼을 불어넣기를 소원한 것이 아닐 수 없다.

"뿌리야, 고마워. 내 너를 닮을게."

나는 내 뿌리의 사랑과 인내에 대해 진정 감사하는 마음을 지닐 수 있었다.

시를 낭송하는 플라타너스로서 더 이상 뿌리와 자신을 분별하지 못하는 일은 없을 것이다. 그 언젠가 먼 바다에서 나를 '나의 나무'로 여기는 소녀가 찾아왔을 때 나는 더욱 아름다운 플라타너스가 되어 있을 것이다.

바람과 새

새는 하늘을 나는 자신이 늘 자랑스러웠다. 수평으로 넓게 날개를 펼치고 하늘을 날아오를 때마다 푸른 하늘이 자기를 위해 존재한다고 생각했다.

'하늘이 아름다운 까닭을 나는 알지. 바로 내가 하늘을 날기 때문이야!'

새는 새가 날기 때문에 하늘이 아름다운 것이라고 생각했다.

'하늘이 아름답지 않으면 세상이 아름답지 않아. 그런데 하늘을 아름답게 하는 이가 누구야? 바로 나야, 나. 그렇다면 내가 바로 세상을 아름답게 하는 거지.'

새는 늘 그런 생각을 하며 스스로 으스대었다.

새는 하늘을 날다가도 느릿느릿 땅 위를 걸어 다니는 개와 소를 내려다보며 자꾸 웃음을 터뜨렸다. 땀을 뻘뻘 흘리며 부지런히 걸어 다니는 사람들을 보고도 웃음을 터뜨렸다. 사람을 포함해서 지상에서 움직이는 모든 동식물들이 그에겐 다 비웃음의 대상이었다.

'사람들은 비행기를 타고 하늘을 날긴 하지. 그렇지만 그건 나처럼 직접 날갯짓을 해서 나는 게 아니야. 어디까지나 비행기라는 문명의 이기의 도움을 받은 것뿐이야. 사람은 날개가 없어. 비행기 날개는 진정한 날개가 아니야.'

새는 자신이 지닌 것 중에서 활짝 펼치면 1미터나 되는 날개를 가장 큰 자랑거리로 여겼다.

'내가 날 수 있는 건 바로 이 튼튼한 날개 때문이야. 우리 조상 중에 붕새라는 새가 있었지. 날개 길이가 삼천 리이며 하루에 구만 리를 날았지. 그러니까 세상을 다 덮을 정도의 날개를 지니고 있었던 거야. 나는 그 붕새의 후손. 후손답게 나도 하늘을 지배해야 해.'

새는 날이 갈수록 점점 더 오만해졌다. 하늘이 있기 때문에 자신이 날개를 펼치고 날 수 있다고 생각하지 않았다. 자기의 날개를 위해 하늘이 존재한다고 생각했다. 그러고는 그 하늘을 날아감으로써 하늘을 지배한다고 생각했다.

새는 멀리 그 어떤 사물도 다 볼 수 있는 날카로운 두 눈보다도 날개를 더 애지중지했다. 해가 저물고 절벽 끝 둥지에 몸을 틀 때는 행여나 바위에 날개가 긁히지 않도록 조심스럽게 행동했다. 새벽이 오면 그 누구보다도 일찍 일어나 날개의 깃털 하나하나를 이슬로 깨끗이 닦았다.

하루는 그런 그를 보고 절벽을 휘돌아 돌던 바람이 말했다.

"이슬로 날개를 닦다니, 그 정성이 대단하다. 그런데 이슬은 저 어린 풀잎들이 먹어야 할 양식인데 네가 그렇게 써버리면 어떡하니?"

바람은 준엄한 목소리로 새를 나무랐다.

"앞으로는 이슬을 그대로 두길 바라. 그렇지 않아도 해가 뜨면 이슬이 사라져버려 풀들이 목말라 허덕이는데 너마저 그러면 안 돼."

새는 바람의 말에 화를 벌컥 내었다.

"너는 하나는 알고 둘은 모르는구나. 내 날개는 세상을 아름답게 하는 날개야. 세상이 왜 아름다운지 알아? 바로 내가 하늘을 날기 때문이야. 하늘에 구름만 있고 새 한 마리 날지 않는다면 하늘이 아름다울 수 있겠어? 땅에 꽃이 피지 않으면 땅이 아름답지 않듯이, 하늘에 새가 날지 않으면 하늘은 아름답지 않아. 하늘은 새가 날기 때문에 아름다운 거야. 그러니까 내가 이슬로 날개를 씻든 말든 넌 쓸데없는 잔소리 하지 마!"

바람은 그렇게 소리치는 새가 참으로 가소로웠다. 새를 날게 하는 것이야말로 바람인 자기 자신이었다. 아무리 거대한 날개를 가진 새라 하더라도 바람이 없으면 하늘을 날 수 없는 것은 자명한 이치였다.

"바람이 없으면 넌 하늘을 날 수 없어. 너로 하여금 하늘을 날게 하는 것은 너의 날개가 아니라 바람이야, 바람. 바로 나야."

"뭐라고? 난 날개의 힘으로 나는 거지 바람의 힘으로 나는 게 아니야."

"허허, 그게 아니야."

"날개는 내 생명이야. 날개야말로 내 존재의 가치야. 날개가 없어서 날지 못한다면 그게 무슨 새겠니. 내가 내 날개를 이슬로 깨끗이 닦는 일은 당연한 일이야."

새는 막무가내였다. 바람의 말을 조금도 귀담아 들으려고 하지 않았다.

"내 말을 무시하다간 넌 언젠가 하늘을 날지 못할 때가 있을 거야."

바람은 새와 더 이상 대화를 나눈다는 것이 무의미하다고 생각돼 그만 입을 다물어버리고 말았다.

그 뒤 많은 세월이 지났다.

어느 날, 바람과 새가 우연히 절벽 끝에서 다시 만났다.

"난 네가 없어도 하늘을 날 수 있어. 너랑 헤어진 지 많은 시간이 지났지만 난 단 하루도 하늘을 날지 않은 날이 없어."

바람을 늘 못마땅하게 생각하고 있던 새가 먼저 입을 열었다.

바람은 새의 말에 어처구니가 없었으나 빙그레 웃음만 띠었다.

"내가 하늘을 날 수 있는 건 바로 내 날개 때문이야. 그러니까 너무 그렇게 으스대지 마. 넌 너무나 춥고 사나워. 넌 사나운 폭풍을 몰고 오기도 하잖아."

바람은 빙그레 웃으면서 새의 말에 귀를 기울였다. 문득 새가 불쌍하다는 생각이 들었다.

새는 바람 따위는 아무 소용이 없다는 듯 날개를 펼치고 더욱 하늘 높이 날아올랐다.

그때였다. 바람은 가만히 불기를 멈추었다.

하늘은 바람 한 점 없는 하늘이 되었다.

바람이 멈춘 하늘은 더없이 고요하고 아늑했다.

새는 곧 추락하기 시작했다. 아무리 날개를 움직여도 점점 아래로 곤두박질쳤다.

새는 이제 곧 땅위로 떨어질 것만 같았다.

그때 다시 바람이 불었다.

새는 바람을 타고 다시 하늘 높이 날아올랐다. 하늘 높이 날아올라 바람을 인정하지 않았던 자신의 오만함에 대해서 생각했다. 바람이 불고 하늘이 있기 때문에 자신이 날 수 있다는 사실을 비로소 깨닫게 되었다.

"바람아, 미안하다. 내가 잘못했다. 용서해줘."

새는 바람 앞에 부끄러웠다.

"내 날개만 믿은 내가 참으로 어리석었다. 참새가 왜 멀리 하늘 높이 날지 못하는지 이제 깨닫게 되었다."

새는 거듭 바람에게 용서를 청했다.

"아니다. 우린 한 형제다. 우린 서로 사랑하고 돕지 않으면 안 된다. 세상은 혼자 살 수 있는 게 아니다."

바람은 더욱 강하게 불면서 새에게 말했다.

"나는 네가 하늘 높이 나는 모습을 보고 나의 존재를 깨닫는다. 네가 바로 나다."

걸레

내가 그 남자의 팬티가 된 지는 퍽 오래되었다. 나는 순면으로 만든 것으로 삼각팬티보다 조금 더 큰 트렁크 팬티다. 그 남자가 몇 년 전에 속옷은 합성 섬유보다 순면으로 만든 것이 더 좋다고 하면서 한꺼번에 다섯 장이나 산 적이 있는데 그중 하나가 바로 나다.

색깔은 검은색이다. 그러니까 검정 면 팬티다. 그 남자는 유난히 검정 색깔을 좋아해서 다른 색 팬티, 붉은색이나 하늘색, 흰색 팬티는 잘 입지 않았다. 다른 색 팬티를 한 번 입는다면 나는 두세 번은 더 입었다. 어떤 때는 갈아입을 생각조차 하지 않고 며칠씩 입을 때도 있었다.

"내가 더러워졌어요. 당신이 땀 흘리고 오줌을 눌 때마다 내가 더러워졌다니까요. 그러니까 빨리 갈아입으세요."

그렇게 말해도 그 남자는 못 들은 척하고 나를 하루 더 입곤 했다. 그럴 때는 내가 어떻게 할 수가 없어 그냥 참을 수밖에 없었다. 나는 그 남자의 사타구니 속에서 계속 더러워지는 것이 싫었지만 어쩔 수 없는 일이었다. 아무리 내가 깨끗해지고 싶어도 그 남자가 갈아입지 않는 한 더러워진 채 가만히 있어야 했다.

그래서 나는 그 남자가 나를 입고 있을 때보다 벗어놓았을 때가 더 좋았다. 벗어놓은 나를 세탁기가 세탁할 때는 더더욱 좋았다. 빙빙 돌아가는 세탁기에 내 몸을 맡기면 아이들이 놀이기구를 타면서 탄성을 내지르며 재미있어 하는 것과 똑같았다. 물론 세탁이 다 끝나고 깨끗해진 몸으로 햇볕에 나를 말릴 때면 내 마음마저 깨끗해지는 것 같았다.

그렇지만 그 남자의 아내가 나를 잘 개켜서 옷장에 넣으면 그때부터는 마음이 영 불안했다. 그 남자가 또 며칠이나 나를 입을지, 그 남자의 땀내와 오줌내가 느껴져 저절로 이마가 찡그려졌다.

그래도 나는 그 남자가 즐겨 입는 검은색 면 팬티일 수밖에 없었다. 그건 내가 태어날 때부터 주도적인 삶을 살 수 있도록 태어난 게 아니라 수동적인 삶을 살도록 태어났기 때문이었다. 내가 싫은 게 있어도 내 자유 의지를 포기하고 그것을 그냥 받아들이지 않으면 안 되었다. 내 삶은 그 남자의 사타구니를 가리고 따뜻하게 해주는 역할 외에 다른 역할은 없었다.

하루는 건조대에 널려 햇볕에 나를 말리고 있을 때였다. 그 날따라 볕이 무척 따스하고 밝아서 나도 모르게 내 몸을 찬찬히 들여다보았다.

세상에! 내 온몸 여기저기 솔기가 터지고 많이 해져 있었다. 어쩌다가 살짝 찢어져 구멍이 난 곳도 있었다. 새 팬티가 낡고 닳아 어느새 헌 팬티가 돼 있는 거였다.

나는 그 기회를 놓치고 않고 그 남자한테 말했다.

"이렇게 낡았는데 이제 나를 좀 안 입었으면 좋겠어요. 사람은 옛사람이 좋고 물건은 새것이 좋다는 말도 있잖아요. 이제 새 옷을 사서 입으세요."

내가 이렇게 말해도 그는 나를 즐겨 찾아 입었다. 신발도 오래 신은 헌 신발이 편하고 속옷도 헌 옷이 더 편하다고 하면서 계속 나를 찾았다.

그 뒤 몇 달이 훌쩍 지난 어느 날이었다. 내가 세탁물 바구니에 처박혀 세탁기에 들어가기를 기다리고 있는데 그의 젊은 아내가 나를 집어 들고 유심히 살펴보더니 혼자 중얼거렸다.

"아이구, 이 남자, 팬티가 이렇게 많이 해졌는데도 입고 다녔네. 이제 버려야지 이걸 어떻게 입어. 누가 보면 어떡하려고."

나는 그렇게 세탁물 바구니에서 꺼내져 다용도실 한구석에 버려졌다. 이대로 버려진 쓰레기가 되어 종량제 비닐봉투 속으로 들어갈 날만 기다리는 신세가 되었다고 생각하자 나도 모르게 눈물이 뚝 떨어졌다.

그때였다.

"아, 마침 잘됐다. 걸레가 필요한데 이걸 걸레로 해도 되겠다. 걸레는 면으로 된 게 좋아."

그 여자가 나를 집어 물에 한 번 빨더니 힘껏 짜서 주방 바닥에 흘린 김치찌개 국물을 쓱 닦아내었다.

"걸레는 검은색이 좋아. 닦으면 먼지 묻은 게 다 드러나니까!"

이렇게 나는 졸지에 면 팬티에서 면 걸레가 되고 말았다.

처음엔 걸레가 무엇인지 몰랐다. 그렇지만 내가 무슨 용도로 쓰이는지는 바로 알아차렸다. 집안 이곳저곳 더러워진 곳을 닦아내는 데에 요긴하게 쓰이는 게 바로 나였다.

나는 커피를 쏟으면 커피를 닦아야 했으며, 지저분한 신발로 더러워진 현관을 닦아야 했으며, 그 여자의 아기가 똥을 누면 똥도 닦아야 했다. 심지어 개똥이나 개 오줌도 내가 닦아야 했다. 물론 더러운 좌변기 속을 닦을 때도 있었다.

마룻바닥이나 방바닥을 닦을 때는 그나마 걸레 대접을 받을 때였다. 그 여자가 손으로 걸레질을 하지 않고 발로 걸레질을 해도 내가 개똥을 닦는 것보다는 훨씬 더 나았다.

이렇게 나는 걸레라는 비천한 천덕꾸러기가 되고 말았다. 늘 더럽고 어두운 곳을 닦으며 내 몸은 점차 만신창이가 돼갔다. 다시 그 남자의 팬티가 되고 싶었지만 이제는 꿈도 꿀 수 없었다. 앞으로 어떻게 살아가야 할지, 희망의 빛이 어디 있는지 그저 참담하기만 했다.

그런 어느 날이었다. 나랑 비슷해 보이는 녀석이 싱크대에 오뚝하니 앉아 있는 게 눈에 띄었다.

"넌 누구니? 누군데 싱크대 위에 그렇게 앉아 있니?"

반가운 마음에 얼른 말을 걸었다.

"난 행주야. 넌 걸레지? 난 널 알고 있어."

"행주? 나랑 비슷해 보이지만 하는 일은 나와 다른 것 같아.

넌 무슨 일을 하니? 무척 깨끗해 보여. 나보다 훨씬 대접을 잘 받는 것 같아."

"나는 식탁과 그릇과 싱크대 주변을 청소해. 위생상 나를 깨끗이 하는 것뿐이지 실은 나도 너처럼 걸레나 마찬가지야."

이렇게 나는 깨끗한 행주와 친구가 되었다.

"난 앞으로 어떡하면 좋을까? 내가 걸레가 될 줄은 정말 몰랐어. 난 원래 이 집 주인 남자의 팬티였어. 그런데 지금 내 신세가 이렇게 된 거야."

"잘 알고 있어. 그렇지만 어떡해? 이대로 열심히 살아야지."

"이제 너무 힘들어. 저 푸들 녀석도 심심하면 나를 물어뜯고 구멍을 내. 내 몸에 상처 나지 않은 데가 없어."

나는 일러바치듯 행주에게 내 신세를 한탄했다.

"나도 잘 알아. 네가 힘들다는 걸. 그런데 넌 내가 너보다 잘 사는 것 같지?"

"……."

"아니야. 나도 힘들어. 툭하면 주인 여자가 나를 소독한다고 펄펄 끓는 뜨거운 물속에 집어넣어. 나를 삶는 거지. 그때는 정말 참기 힘들어서 나도 모르게 기절해버리고 말아. 그렇지만 나는 이렇게 잘 견디고 있어. 산다는 건 견딘다는 게 아니겠니."

행주가 펄펄 끓는 물에 삶기는 고통을 당한다는 말에 나는 가슴이 아팠다. 나만 고통스러운 삶을 사는 줄 알았더니 행주 또한 마찬가지였다.

"그 뜨거운 물속에서 정말 힘들었겠다. 한두 번도 아니고 어떻게 견뎌낼 수 있니? 넌 정말 대단하다."

"그건 내 삶을 포기할 수 없기 때문이야. 내 삶은 포기하기 위해 주어진 게 아니라 열심히 최선을 다해 살기 위해 주어진 거야. 너도 나도 견뎌야 해. 하루살이는 하루 종일 비가 오는데도 포기하지 않고 열심히 살아간단다. 포도도 으깨지는 고통을 견디고 나서야 비로소 포도주가 된단다."

"그래, 행주 네 말이 맞아. 상처 없는 삶은 없고, 고통 없는 삶은 없어. 상처를 스승으로 삼고 고통을 이해하지 않으면 안 돼."

"그래, 우리에게 주어진 임무를 다하는 수밖에 없어. 이게 우리의 운명이자 숙명이야. 숙명을 거스를 수는 없어."

"이제 우리가 이 집 가족들을 사랑하기 위해 존재한다고 생각하자. 사랑에는 으레 희생이 따르잖아. 우리의 몸이 닳고 상처가 나고 뜨거운 물에 데고 하는 것은 다 사랑을 위한 희생이야."

행주와 나는 꼭 잡은 손을 놓지 않고 서로 가슴에 쌓인 말을 쏟아놓았다.

놀랍게도 행주와 많은 이야기를 나눈 뒤부터 내 삶에 평화가 깃들기 시작했다. 내가 그들을 사랑하기 때문에 걸레의 삶을 산다고 생각하니 하루하루가 뜻 깊고 소중하게 여겨졌다. 문득 내 삶이 숭고해졌다는 느낌도 들었다.

그렇지만 시간이 갈수록 내 몸은 더욱 닳고 헐어 보잘것없을 정도로 조그마해졌다. 서서히 죽음이 내게 찾아오고 있었다.

"여보, 이 걸레 너덜너덜해졌어요. 이제 버릴 때가 됐어요. 버려버려요."

어느 날, 나를 집어 들고 아내를 향해 소리치는 그 남자의 목소리가 들렸다.

내게 죽음의 때가 찾아온 것을 직감했다. 이제 내 죽음을 받아들여야 한다는 생각이 들었다.

그날 밤, 나는 거실 한구석에 놓인 춘란 화분 곁에서 아무도 모르게 조용히 눈을 감았다.

그때 하늘에서 거룩한 이의 음성이 고요히 들려왔다.

"너는 이 세상에서 그 누구보다도 숭고한 삶을 살았다. 수고했다. 걸레가 없으면 이 세상은 깨끗해지지 않는다. 너의 역할은 참으로 소중했다."

그 음성 때문이었을까? 죽어가는 나의 입가에 미소가 떠돌았다. 나를 더럽히고 내 살을 헐어서 남을 깨끗하게 해준다는 것, 그것만큼 보람된 삶은 없었다.

숫돌

요즘 사람들은 나를 잘 모르지만 예전에 나는 아주 소중한 존재였다. 날이 무뎌진 칼을 가는 칼갈이 아저씨가 가장 애지중지하는 게 바로 나였다. 아저씨가 동네 골목마다 다니면서 "칼 갈아요, 칼 가세요!" 하고 소리치면 동네 아주머니들이 부엌칼을 들고 나와 갈았다. 그럴 때 나는 아주 요긴하게 쓰였다. 칼 가는 데 숫돌인 내가 없으면 칼을 갈 수 없었다.

나는 수락산 숫돌고개라는 곳에서 태어났다. 숫돌을 만들기에 좋은 자연석이 많아 돌을 많이 캐다가 보니까 그런 이름이 붙었다.

우리나라 전국 방방곡곡엔 숫돌고개라는 이름이 참 많다.

그것은 예전에 그만큼 숫돌 수요가 많았다는 것을 의미한다. 숫돌이 그만큼 일상생활에 없어서는 안 될 필수품이었다는 의미이기도 하다. 지금이야 인조석으로 가공된 여러 종류의 숫돌이 있지만 예전엔 금강석 같은 자연석을 꼭 필요로 했다.

나는 늘 나 자신을 쇠보다 강하다고 생각했다. 쇠를 간다는 것은 쇠와 맞부딪쳐서 내가 이긴다는 것을 뜻했다. 태생적으로 남한테 지기를 싫어하는 성격인 나는 세상에서 가장 강한 숫돌, 그 어떠한 강철이라도 갈 수 있는 그런 힘 있는 숫돌이 되기를 원했다. 칼갈이 아저씨가 밤에 잠을 잘 때 늘 나를 머리맡에 두고 자는 것을 보면 내가 그런 숫돌임에는 틀림없었다.

"넌 우리 집 보물 1호야. 내 오랫동안 칼갈이 일을 해왔지만 너만큼 칼을 잘 갈고 강한 숫돌은 처음 봤다."

칼갈이 아저씨는 늘 나를 이렇게 칭찬해주었다.

원래 나는 칼갈이 아저씨 게 아니었다. 칼갈이 아저씨 아버지 것이었다. 칼갈이 아저씨가 이런저런 사업을 하다가 다 실패하고 고향으로 돌아오자 아버지가 아들한테 준 거였다. 낙심한 탓인지 농사일도 거들지 않고 술이나 먹고 놀기만 하자 하루는 아버지가 아들을 불렀다.

"이 숫돌은 아주 귀한 거다. 네 할아버지 때부터 쓰던 거다.

칼이 아주 잘 갈린다. 숫돌로서는 최고의 명품이라고 할 수 있다. 할아버지가 농사지으실 때 낫을 갈고 도끼를 갈고 하던 거다. 내가 이걸 너에게 줄 테니 이걸 가지고 고향을 떠나 다시 도시로 가거라. 사람은 일을 하면서 살아야 되니까 넌 이 숫돌로 칼을 갈아주면서 살아라. 직업엔 귀천이 없다. 네가 정성껏 칼을 잘 갈아주면 사람들은 쉽고 편하게 일을 할 수 있다."

아버지는 아들에게 그런 말씀을 하면서 나를 주었다.

칼갈이 아저씨는 처음엔 나를 받아들고 시큰둥했다.

"이대로 고향에서 무위도식할 수 없다. 어서 떠나거라."

칼갈이 아저씨는 고향을 떠나기 싫었지만 아버지의 명을 거역할 수는 없었다.

그래도 처음에는 도시에서 다른 취직자리를 알아보곤 했다. 그러나 취직은 잘 되지 않았다. 고향에서 몇 푼 얻어온 돈도 곧 떨어졌다. 그래서 하는 수 없이 밑천이 들지 않는 칼갈이 일을 시작했다. 나를 넣은 가방을 어깨에 걸치고 동네 골목마다 다니며 "칼 갈아요, 칼!" 하고 소리쳤다.

지금은 칼을 잘 갈지만 처음엔 손을 자주 베였다. 칼을 잘 갈기 위해서는 정성과 기술이 필요한데 제대로 배우지도 않고 시작했으니 손을 다칠 수밖에 없었다. 처음에는 손에 피가 뚝뚝 떨어지기도 했다. 화가 나서 나를 휙 집어던지기도 했다.

그래도 나는 열심히 일했다. 주부들이 가져온 무딘 칼을 잘 갈고 나면 내 가슴속 깊은 데서 기쁨이 샘물처럼 솟았다.

'칼이 잘 들어야 고기도 썰고, 무도 썰고, 단단한 모과도 잘 썰 수 있어.'

사람들은 내가 칼을 갈아주면 "어머나, 너무 잘 들어요. 고마워요." 하고 항상 좋아했다. 나는 자연스레 사람에게 기쁨을 주는 존재라는 자부심이 생겼다.

칼갈이 아저씨는 일요일엔 일을 하지 않고 집에서 쉬었다. 이 동네 저 동네 칼을 갈라고 외치면서 다니는 게 여간 힘든 일이 아니어서 일주일에 하루는 꼭 쉬어야 했다.

처음에는 쉬는 날 잠만 잤다. 그런 날은 나도 덩달아 잠을 자곤 했다.

그런 어느 일요일 오후였다. 봄 햇살이 내 몸을 자꾸 간질였다. 나는 칼갈이 아저씨 곁에서 낮잠을 자다가 간지러워서 몸을 자꾸 뒤챘다.

"숫돌아, 넌 왜 몸이 이렇게 닳았니? 너무 많이 패였어. 평생 밥도 얻어먹지 못한 것 같아."

햇살이 살며시 먼저 말을 걸어왔다.

"뭐? 내 몸이 많이 닳았다고?"

나는 벌떡 일어나 내 몸을 이리저리 살펴보았다. 햇살의 말대로 내 몸 한가운데가 길게 움푹 패여 있었다.

'아, 예전에는 이렇지 않았는데, 내 몸이 예전보다 훨씬 더 닳아 없어졌구나.'

예전에 농사일을 할 때는 이렇게 몸이 많이 닳지 않았다. 물론 그때는 젊기도 했지만 지금처럼 매일 수십 번씩 칼을 가는 게 아니었다.

'이러다가 내 몸이 닳아 아예 없어지는 게 아닐까. 이제부터라도 나 스스로 나를 보호해야 해.'

나는 갑자기 불안해지기 시작했다. 칼갈이 아저씨가 미워지고 꼴도 보기 싫었다. 그런데 그날따라 칼갈이 아저씨가 일어나 세수를 하고 벽장 속에 넣어둔 벼루와 먹, 붓과 종이를 꺼냈다. 칼갈이 아저씨는 어릴 때 붓글씨 쓰시는 할아버지를 도와 먹을 갈아드리면서 곁눈질로 붓글씨 쓰는 법을 배운 적이 있었다.

"날카롭게 칼만 갈다 보면 내 마음에도 날이 설 때가 있어. 그럴 땐 그런 마음을 붓글씨를 쓰면서 순화시키는 게 좋아."

칼갈이 아저씨가 오늘도 그런 말을 하면서 단정히 앉아 벼루에 물을 붓고 먹을 갈았다. 그런데 가만히 보니까 벼루의 몸도 나처럼 많이 닳아 있었다. 먹도 닳아 삐딱하니 반 토막이 나 있었다.

칼갈이 아저씨가 '입춘대길(立春大吉)'이라는 글씨를 다 썼을 때 내가 벼루한테 말했다.

"벼루야, 너도 나처럼 몸이 많이 닳았구나."

"그럼, 많이 닳았지. 난 태어난 지 백 년도 더 됐으니까."

벼루가 가만히 웃으면서 말했다.

"넌 그래도 괜찮아? 난 내 몸이 닳는 게 싫어. 이젠 나를 보호할 거야."

"하하, 너를 보호한다고 해서 네가 더 좋아지는 게 아니야. 너를 보호할수록 넌 아무 데도 쓸모없는 존재가 되는 거야."

"과연 그럴까? 난 이제 칼을 갈지 않을 거야."

뜻밖에도 벼루는 내 생각과는 너무나 다른 말을 했다.

"그건 너 자신을 버리는 일이야. 우리는 각자의 몫대로 쓰이지 않으면 아무런 의미가 없어. 나는 먹물을 생산해내는 역할을 해야 하고, 넌 칼 가는 역할을 해야 하는 거야. 그게 우리 존재의 가치야."

나는 벼루의 말을 잘 이해할 수 없었다. 칼을 갈지 않음으로써 더 이상 닳지 않고 지금 그대로 존재하고 싶었다.

"그렇다고 해서 이대로 계속 닳아 없어질 수는 없어."

"넌 연마석(硏磨石)이야. 쇠가 갈리면 네 몸 또한 닳아서 없어지는 거야. 내가 닳아 없어지면서 남을 돕는 거야."

"내가 닳아 없어지면 결국 내 존재가 사라지는 거잖아?"

"아니야. 내 몸이 닳는다고 먹도 갈지 않고 칼도 갈지 않고 그대로 있다면 그게 바로 죽음이야. 죽지 않으려면 우리는 계속 우리 일을 해야 돼. 자기희생 없이는 남을 도울 수 없는 거야."

"자기희생?"

나로서는 정말 처음 들어보는 말이었다. 그동안 남의 칼을 갈아주면서도 나 자신을 희생한다고는 단 한 번도 생각해본 적이 없었다.

"응, 자기희생이야. 우리의 가치는 자신을 희생하는 데 있어. 희생 없는 사랑이 없듯이 희생 없는 가치는 없어."

벼루는 너무나 진지했다. 마치 칼갈이 아저씨의 아버지가 아들을 걱정하는 눈빛 같았다.

"내가 내 가치를 꼭 찾아야 될까?"

"그럼, 찾아야지. 우리는 우리의 가치를 발견해야 할 의무가 있어. 그 의무를 다하기 위해서는 먼저 남을 사랑해야 돼."

"사랑을, 어떻게 하는 건데?"

"지금까지 해왔던 것처럼 사람들의 칼을 갈아주면 되는 거야. 그건 결국 자기 자신을 주는 거야. 그게 바로 사랑이야. 네가 닳지 않고는 칼을 갈 수 없는 거야. 나도 닳지 않고는 먹을 갈 수 없어. 무딘 칼날을 세워주는 것, 먹을 갈아 붓글씨를 쓰게 하는 것, 그게 바로 사랑이고 우리 존재의 본질이야."

나는 벼루의 말을 이해하기 힘들었다. 칼갈이 아저씨가 '입춘대길'이라고 쓴 종이를 대문 앞에 붙이고 돌아와 나를 물끄러미 바라보았지만 얼른 고개를 돌리고 말았다. 마음 같아서는 "이제 나는 칼을 안 갈 거예요. 더 이상 닳기 싫어요. 내일부터 나를 데리고 다니지 마세요." 하고 소리치고 싶었으나 입을 다물고 가만히 있었다.

내 존재의 본질이 칼을 갈면서 닳아 없어지는 데에 있다는 벼루의 말을 이해할 수 있을 때까지 나는 계속 칼을 갈 것이다. 그러다 보면 벼루처럼 내 존재의 의미와 가치가 무엇인지 크게 깨닫게 되는 날이 찾아올 수 있을 것이다.

첨성대

지금이야 그렇지 않지만 예전에 내 주변은 온통 채마밭이었다. 인근 비두골(지금은 인왕동) 마을 사람들이 밭을 갈아 상추도 심고 깻잎도 심고 배추와 무도 심던 밭이 나를 중심으로 넓게 형성돼 있었다. 물론 밭농사를 짓는 사람들이 모여 사는 초가집도 내 곁에 옹기종기 모여 있었다. 지금은 뚜껑을 덮어 놓았지만 마을 사람들이 공동으로 쓰던 우물도 내 곁에 있었다. 사람들은 그 우물물을 길어 밥도 하고 김장도 하고 빨래도 했다. 여름날 무더울 때는 그 우물가에 와서 서로 등목을 해주곤 했다.

나는 이렇게 마을 한가운데에서 마을 사람들과 함께 살고 있어 외롭지 않았다. 마을 사람들은 내가 첨성대(瞻星臺)라고 해서 특별히 관심을 갖거나 우대하지는 않았다. 나를 그저 마을의 일원으로서 먼 친척 대하듯 하기도 하고 마을 어귀에 있는 정자나무 대하듯 할 뿐이었다.

가을 농사가 끝나면 내 주변의 밭은 아이들의 놀이터로 변했다. 아이들은 겨우내 내 곁에 와서 팽이치기도 하고 제기차기도 하고 연날리기도 했다. 그러면 그런 아이들을 구경하는 재미에 하루해가 언제 저물었는지도 잘 몰랐다.

아이들은 몹시 추운 날이면 네모난 내 창문 안으로 들어와 놀 때도 있었다. 밖에서 보면 그런 줄 모르지만 내 안은 흙과 자갈이 가득 차 있었다. 마치 닭둥우리처럼 편편히 파여 있어 아이들 몇 명이 서로 둘러 앉아 놀기엔 더없이 좋은 곳이었다. 또 화강암으로 차곡차곡 겉을 쌓은 구조라 세차게 불어오던 찬바람도 안에 들어오면 뚝 그치기 마련이었다. 여름엔 시원하고 겨울엔 따뜻한 곳이 바로 내 창문 안이었다.

아이들이 내 안으로 들어오는 일은 그리 어려운 일이 아니었다. 멀리서 보면 어디 한 군데 튀어나온 데도 없이 화강암으로 매끈하게 곡선을 이루며 항아리처럼 쌓아올린 것 같지만 그렇지 않았다. 기단부에서부터 위로 점점 좁혀지는 구조로 돌을 쌓았기 때문에 사람이 발 하나 걸치거나 손으로 잡을 수 있을 정도의 돌출 부분이 있었다. 심지어 창문턱엔 사다리를 놓을 수 있도록 옴폭 패인 부분도 있어 첨성대에 오르는 일은 식은 죽 먹기처럼 쉬운 일이었다.

1930년대 일본 제국주의 시절에 학교를 다닌 학생들은 경주에 수학여행을 와서 나한테 들르면 내 온몸에 수십 명씩, 때로는 백여 명씩 달라붙어 기념사진을 찍곤 했다. 나로서는 그리 달가운 일이 아니었지만 그래도 나라 잃은 조국의 학생들이 나를 기념하고자 하는 일이다 싶어 늘 기쁜 마음으로 받아들이곤 했다.

내 창문 안으로 들어와서 노는 이는 아이들뿐만이 아니었다. 어른들도 내 안으로 기어들어와 늘어지게 한숨씩 푹 자고 가는 일도 있었다. 어떤 때는 친구들끼리 술병을 들고 들어와 취하도록 술을 먹을 때도 있었다. 그래도 그것은 다른 남녀에 비하면 그냥 봐줄 수 있는 일이었다.

해가 지고 보름달이 휘영청 뜬 날 밤에 남녀 한 쌍이 내 안으로 기어들어온 일이 있었다. 나는 그들이 장대석(長臺石)으로 귀틀을 짜 맞춘 우물 정(井)자 모양의 지붕 사이로 별들을 감상하고 가는 줄 알았더니 그게 아니었다.

그들은 나한테 숨어든 지 얼마 지나지 않아서 곧 사랑을 나누기 시작했다. 나로서는 처음 겪는 일이라 놀라지 않을 수 없었다. 그 당시엔 지금처럼 러브호텔이 없어 그렇다손 치더라도 왜 하필이면 내 안에 들어와 그런 정사(情事)를 벌이는지 나로서는 참으로 황당하지 않을 수 없었다.

그런데 그 남녀는 한번 그렇게 출입하고 나서부터 심심하면 나를 찾아 그런 일을 벌이곤 했다. 나는 이 일을 어떻게 해야 할지 알 수 없었다.

"강씨 할아버지, 어떤 남녀가 툭하면 나를 찾아와 별짓을 하고 가는데 내가 어떡하면 좋을까요?"

하루는 하도 속이 상해 첨성대지기인 강씨 할아버지한테 여쭈어보았다.

강씨 할아버지는 첨성대 마을에서 나를 가장 아끼는 분이셨다. 언제부터인지는 나도 모르지만 마을 사람들이 그를 '첨성대지기'라고 불렀다. 지금처럼 문화재관리국에서 나온 직원이 아니라 그냥 동네 사람들이 첨성대지기라고 부르는 것일 뿐이었다. 누가 시키지도 않았는데 쓰레기 한 점 없도록 내 주변을 깨끗이 청소하고 해서 자연스럽게 그런 이름이 붙여졌다.

"나도 알아. 그놈의 자식들, 내 눈에 한번 띄기만 해봐라, 내가 다리몽둥이를 부러뜨려놓을 테니까!"

강씨 할아버지는 단박에 화부터 먼저 내었다. 그렇지 않아도 그런 몰상식한 사람들한테 평소 불만이 많아 단단히 벼르고 있다는 말씀이었다.

"온갖 잡놈들이 첨성대를 드나들어서 내가 요즘 신경을 바짝 쓰고 있으니까 너무 걱정하지 마."

나는 강씨 할아버지 말씀대로 크게 걱정은 하지 않았다. 천년 세월을 버텨온 내가 그런 사람들이 내 안을 드나든다고 해서 내가 어떻게 되는 것도 아니었다. 그렇지만 내가 지저분해지고 더러워지는 것 같아 그리 기분 좋은 일은 아니었다. 내 겉은 오랜 세월 동안 온갖 풍상을 다 겪으면서 때 묻고 더러워졌다 할지라도 내 속만은 맑고 깨끗함을 유지하고 싶었다.

그런 어느 날이었다. 한번은 어떤 젊은 여자가 내 안으로 들어오더니 곧장 하늘이 훤히 보이는 꼭대기 장대석 위로 올라가 훌쩍 뛰어내릴 작정을 하고 있었다.

"아니, 도대체 지금 뭘 하려는 거예요? 빨리 내려오세요, 위험해요!"

나는 그 여자가 뛰어내려 죽으면 안 된다는 생각이 들어 다

급히 소리쳤다. 그런데 가만히 살펴보니 그 여자는 한동안 남자하고 같이 나를 찾아와 사랑을 나누고 가던 바로 그 여자였다.

"남자는 놔두고 오늘은 왜 혼자 왔어요?"

나는 그녀가 뛰어내리지 않도록 자꾸 말을 걸었다.

"그 남자 얘기는 꺼내지도 마세요."

그녀도 막상 뛰어내리려고 하자 겁이 나는지 주저하고 있었다.

"내려오세요. 내가 도와드릴게요."

그녀가 정말 뛰어내리기라도 하면 몸의 어디가 부러져도 부러져 죽을 수도 있었다. 그래서 나는 그녀가 조용히 내려와 아무도 모르게 계림 쪽으로 사라지기를 바랐다.

그러나 그녀는 내려오지 않았다. 그러자 첨성대 꼭대기에 몸을 드러낸 그녀를 보고 마을 사람들이 급히 몰려왔다.

"내려와! 거기가 어디라고 올라간 거야? 빨리 내려와!"

강씨 할아버지도 달려와서 여자에게 내려오라고 야단을 쳤다.

여자는 내려오지 않았다. 오히려 꼿꼿이 서서 곧 뛰어내릴 자세를 취했다.

나는 기가 막혔다. 신라 선덕여왕이 천년 뒤에 이런 일이 일어나라고 나를 만든 것은 아닐 터였다.

"도대체 왜 그러는 거야? 원하는 게 뭐야?"

"그 남자를 불러주세요! 그렇지 않으면 여기서 뛰어내릴 거예요."

그제야 사람들은 그녀가 왜 첨성대 꼭대기로 올라갔는지 그 까닭을 알 수 있었다.

한때는 서로 뜨겁게 정분을 나누는 사이였으나 이제는 그런 관계가 아닌 듯했다. 여자가 뛰어내려 죽겠다고 야단치는 것으로 보아 남자가 여자한테 못된 짓을 한 게 틀림없었다. 여자는 남자와 헤어지고 싶지 않은데 남자가 여자의 정조만 탐하고 일방적으로 헤어지자고 통고한 게 분명해 보였다.

여자가 불러달라고 한 남자가 부리나케 달려왔다. 어디서 소식을 들었는지 누가 찾으러 가지도 않았는데 달려와 소리쳤다.

"내려와. 내 안 그럴게. 다시는 헤어지자고 하지 않을게."

남자가 그렇게 소리쳐도 여자가 내려올 생각을 하지 않았다.

"정말이야. 내 약속할게!"

남자가 다시 소리쳤다. 그래도 여자는 내려오지 않고 움직이다가 자칫 떨어질 뻔했다.

"우리 결혼해. 그러니까 빨리 내려와!"

남자는 거의 애원하다시피 했다.

"정말이지? 거짓말했다간 내가 죽을 줄 알아!"

여자는 내려왔다. 참으로 다행이다 싶었다. 내 지붕 위에서 누가 뛰어내려 죽었다면 나로서는 불미스럽기도 하지만 참으로 슬픈 일이 아닐 수 없었다.

그 뒤 무슨 소문이 났는지 청춘남녀들이 내 창문 안을 기어 들어와 사랑을 나누는 일은 없었다. 강씨 할아버지가 예전과 달리 하루 종일 지키는 탓이기도 했지만 아마 사람들 사이에 '첨성대 창문 안에 들어간 남녀는 나중에 헤어지게 된다'는 등 나쁜 소문이 형성된 듯싶었다.

겨울에 나를 두고 한바탕 그런 일이 벌어져도 봄은 왔다. 마을 사람들은 서둘러 채소를 심으려고 밭을 갈았다. 그러나 일제(日帝) 당국에서 밭을 갈지 못하게 행정명령을 내렸다. 내 앞으로 자동차가 오갈 수 있는 큰 도로를 낸다는 것이었다.

"아니, 첨성대 바로 코앞에 도로를 왜 내나? 무슨 심보야?"

첨성대지기 강씨 할아버지가 적극적으로 반대에 나섰다.

"첨성대를 망칠 작정이야? 일본 놈들이 첨성대를 볼 때마다 부러워 배 아파하더니 이젠 첨성대를 아예 무너뜨릴 작정이야!"

강씨 할아버지가 반대하고 마을 사람들이 아무리 반대해도 식민지 백성의 뜻은 무시되고 도로 공사가 시작되었다.

나는 속이 상했다. 일본 제국이 아무리 그런다 하더라도 내가 무너질 리는 없겠지만 굳이 내 앞으로 도로를 내 차들을 다니게 할 필요는 없었다. 내 앞엔 사람들이 다닐 수 있는 오솔길 정도의 길이면 되었다.

결국 도로가 완성되고 나자 차들이 다니기 시작했다. 지금처럼 자동차가 많지 않은 시대여서 그리 크게 문제될 것은 없었다.

그러나 뜻밖에 6·25 전쟁을 겪으면서 곤혹을 치르지 않을 수 없었다. 참전 연합군의 군용 트럭과 탱크들이 지축을 울리며 꼬리에 꼬리를 물고 북으로 또는 동서로 올라갔다가 내려오곤 해서 거기에서 일어나는 진동을 견디기 힘들었다. 다행히 휴전이 성립돼 진동의 고통은 멈추었으나 몇 해만 전쟁이 더 계속되었다면 내가 자칫 한쪽으로 기울어질 수도 있었다.

전쟁 후 나라는 폐허가 되었으며 국민들은 가난에 빠졌다.

끼니를 때우기 힘들어 동네마다 도둑이 들끓었다.

내가 있는 인왕동 마을에도 수시로 도둑이 손님처럼 다녀갔다. 아침에 일어나면 쌀독의 쌀을 누가 퍼가거나 장독을 열고 누가 된장 고추장을 퍼간 일이 비일비재했다.

도둑들은 대부분 생계형 도둑들이었다. 다 그런 것은 아니지만 눈앞에서 식구들이 며칠 굶는 모습을 보고 먹을 것을 훔치러 나선 도둑들이라고 할 수 있었다.

그런 도둑들에게도 한 가지 불문율이 있었다. 그것은 도둑질을 하고 나서 잡히지 않으려면 그 현장에 똥을 누고 가야 한다는 것이었다. 그래서 도둑들은 도둑질한 집 마당 한구석에 한 무더기 똥을 누고 가는 일이 더러 있었다. 먹을 것이 부족했던 시대라 제대로 먹지도 못해 누고 갈 똥마저 별로 없었지만 간혹 그렇게 똥을 누고 가는 도둑들이 있었다.

그런데 도둑들 중에 꼭 나를 찾아와 똥을 누고 가는 도둑이 있었다. 도둑질을 하고 나서 잡히지 않으려면 빨리 멀리 도망을 가야 하는데 그 도둑은 내 안으로 기어올라와 훔친 밥을 먹고 한 무더기 똥을 누고 가곤 했다.

나는 몹시 기분이 언짢았다. 내 가슴속에 도둑의 똥이 들어 있다는 것은 견디기 어려운 일이었다. 인왕동 골목 어느 한 구석에다 똥을 누고 가면 모를까 하필이면 왜 내 가슴속에다 똥을 누고 가는지 도무지 이해할 수가 없었다.

"나한테 똥을 누고 가지 마세요."

처음에는 점잖게 부탁조로 말했다.

그러나 도둑은 내 말을 듣지 않았다. 그는 도둑질을 할 때마다 남몰래 내 창문 속으로 기어올라와 똥을 누고 갔다.

"내 말을 들어주세요. 부탁드려요. 이건 나를 만든 선조들에 대한 예의가 아니에요."

두 번째까지 부탁조로 말했다. 그러나 그는 말을 듣는 둥 마는 둥 했다.

"내 말을 듣지 않으면 천벌을 받을 거예요!"

도둑이 세 번째 똥을 누자 내가 화가 나서 격앙된 목소리를 내었다. 왜 그런 말을 했는지는 모르지만 하늘이 가만히 있을 것 같지 않았다.

그래도 그는 아무런 대답도 없이 똥을 누고는 반월성 쪽으로 사라졌다. 그는 나를 신라 때부터 천문을 관측하던 첨성대로 여기는 게 아니라 남의 집 뒷간 정도로 여기는 게 분명했다.

나는 어떻게 해야 할지 알 수 없었다. 내 가슴속엔 그가 누고 간 똥오줌 냄새 같은 분노가 가득 차올랐다. 지금까지 천년 세월을 살아오는 동안 별의별 사람들이 나를 찾아왔지만 내 안에 똥을 누고 가는 사람은 단 한 사람도 없었다.

나는 도둑이 자꾸 찾아와 똥을 누고 갈까 봐 두려웠다. 밤에 잠깐 잠이 들면 사람들이 내 창문 안으로 꾸역꾸역 몰려 올라와 저마다 똥을 누고 가는 꿈을 꾸었다. 이러다가 내가 정말 첨성대 모양을 한 똥 무더기가 될 판이었다.

나는 기도했다. 얼른 무릎을 꿇고 두 손을 모으고 하늘을 향했다. 반월성 밤하늘에 별들이 찬란했다. 별똥별이 간혹 빗금을 그으며 반월성 너머로 사라졌다.

별똥별이 사라지기 전에 기도를 올리면 하늘은 그 기도를 들어준다고 했다.

"내 안에 누가 똥을 누고 가는 일은 없게 해주세요."

"누가 똥을 누고 가면 벌을 주세요."

별똥별이 사라지기 전에 몇 번이나 기도를 하고 나자 마음이 편안했다. 나는 곧 깊은 잠에 빠져들었다.

다음 날 아침이었다.

첨성대 창문 밑에 쌀자루를 버려둔 채 누가 쓰러져 있었다. 똥을 누고 가던 바로 그 도둑이었다. 도둑이 별똥별에 맞아 거의 초주검이 돼 있었다.

마을 사람들이 달려와 그를 질질 끌고 갔다.

"이런 도둑놈은 가만히 두면 안 돼!"

사람들의 눈에는 분노가 어려 있었다.

"우선 병원으로 데려가세요. 사람부터 살려야지요!"

나는 그 도둑을 살려야 한다는 생각을 하면서도 아무 말도 하지 못하고 가만히 있었다.

"그 사람, 별똥별한테 맞았어요! 어쩌면 죽을지도 몰라요!"

마을 사람들이 하는 말을 듣고도 나는 아무 말도 못했다. 그저 내 가슴만 아프고 슬플 뿐이었다.

아라연꽃

나는 사람들이 왜 전쟁을 일으키는지 알지 못했다. 또 전쟁이 그렇게 무서운 것인지도 알지 못했다. 전쟁은 사람을 죽이고 집과 산을 불태우고 모든 것을 파괴했다.

내가 살던 아라가야의 봉산 산성도 다 파괴되었다. 산성 안에 있던 아라궁도 무너져 내렸다.

그날 나는 전쟁이 일어난지도 모르고 내 삶의 터전인 연밭에 깊이 잠들어 있었다. 밤하늘엔 보름달이 두둥실 떠 있었다. 보름달빛이 활짝 피어나 저마다의 아름다움을 한껏 드러내고 있는 연밭의 연꽃들을 포근히 감싸 안고 있었다. 나도 달빛에 안겨 연꽃으로 피어난 내 존재의 아름다움을 마음껏 드러내고 있었다. 산성 안에 사는 수많은 사람들이 백제군에 쫓겨 다급하게 도망가고 있는 줄 알지 못했다.

"엄마!"

"아가!"

나는 엄마를 찾는 아이의 울음소리와 우왕좌왕하는 병사들의 고함소리에 번쩍 눈을 떴다.

"빨리 도망가!"

"아니다, 끝까지 싸우자!"

"나라를 위해 목숨을 바치자!"

병사들이 성문을 향해 달려가는 동안 갑자기 내 눈앞에 화염이 번쩍 치솟았다.

성벽이 무너지고 성문이 열린 것이다. 백제군이 "와아!" 소리치며 성안으로 진격해 들어왔다. 화살이 빗발쳤다. 화살에 맞아 죽어가는 병사들의 비명이 이어졌다.

보름달은 여전히 밤하늘에 무심코 환하게 떠 있었다.

나는 눈을 감았다. 한 송이 연꽃으로서 피비린내 나는 인간의 전쟁을 지켜보는 일은 너무나 고통스러운 일이었다.

그때였다. "공주님, 이쪽으로!" 하는 다급한 목소리가 들렸다.

번쩍 눈을 떴다. 아라공주님이 시녀들과 함께 내가 사는 연 밭 쪽으로 달려오고 있었다.

벌떡 일어나 공주님을 향해 손을 흔들었다. 나뿐만 아니라 연밭에 사는 모든 연꽃들이 아라공주님을 향해 손을 흔들었 다. 연꽃 향기가 진동했다. 아라공주는 진흙에 발이 푹푹 빠 지면서도 급히 연밭으로 들어와 가만히 엎드려 숨을 죽였다.

"공주님, 걱정하지 마세요."

나는 아라공주를 가만히 안아드렸다. 연잎마다 아라공주의 거친 숨소리와 심장 뛰는 소리가 빗방울처럼 흘러내렸다.

"고마워. 내 이 은혜를 잊지 않을게."

아라공주의 목소리는 여전히 두려움에 떨고 있었다.

나는 이대로 전쟁이 끝났으면 좋겠다고 생각했다. 백제군 이 물러가고 아라가야가 다시 평화로운 일상의 삶을 회복할 수 있게 되기를 간절히 기원했다.

아라공주는 나를 무척 사랑했다. 하루가 멀다 하고 연밭을 찾아왔다. 어떤 날은 아침에도 밤에도 찾아올 때가 있었다. 그 럴 때마다 나는 아라공주의 사랑스러운 존재였다.

"넌 어쩌면 이렇게 우아하고 아름답니? 햇살의 빛깔이 있다 면 바로 너와 같을 거야. 나도 너처럼 우아한 아름다움을 지닌

공주가 되고 싶어."

"공주님은 이미 아름다우십니다."

"아니야, 너의 아름다움에 비하면 난 아무것도 아니야. 난 널 꼭 닮고 싶어 이렇게 매일 찾아온단다. 어떻게 하면 내가 널 닮을 수 있겠니?"

"공주님, 이렇게 우리를 사랑해주시는 공주님을 우리가 닮고 싶습니다."

연꽃을 향한 공주님의 사랑은 지극했다.

"너의 잎을 볼 때마다 나는 많은 공부가 된단다. 연잎은 이슬도 물방울도 다 갖지 않고 그대로 또르르 떨어뜨리지 않니. 나도 욕심이 생길 때마다 연잎처럼 다 가지려고 하지 않고 마음을 비우려고 노력한단다. 내게 그런 깨달음을 준 너는 나의 스승이야."

아라공주는 가끔 내게 이런 말을 하며 내 뺨에 입맞춤을 할 때도 있었다.

아라공주가 내게 입맞춤을 할 때 나는 행복했다. 이 세상에서 가장 아름다운 공주의 입맞춤은 언제나 내 존재의 기쁨을 충만히 느끼게 해주었다.

그러나 지금 아라공주는 죽음을 피해 내 품에 안겨 떨고 있다.

"하늘님, 제발 백제군이 물러가고 아라가야가 다시 평화를 되찾게 해주소서. 이 불쌍한 아라공주를 지켜주소서!"

나는 마음을 다해 간절히 기도를 올렸다.

그러나 하늘은 그 기도를 들어주지 않았다.

"여기 있다! 아라공주를 잡아라. 죽이지 말고 산 채로!"

어디선가 백제군의 소리가 들리는가 싶더니 갑자기 연밭 가에 있는 정자에 연기가 치솟고 거센 불꽃이 번지기 시작했다.

연기는 연밭을 질식시켰다.

"공주님, 어서 도망가세요. 여기 이대로 있다간 잡히고 맙니다."

"아니다. 너와 함께 있겠다. 내 지금 어디로 도망갈 수 있단 말인가."

내 품에 안겨 있던 아라공주가 일어나 오히려 나를 꼭 껴안았다.

"내 죽어도 너와 함께 죽겠다."

아라공주는 말은 그렇게 했으나 연기에 질식해 숨을 쉴 수 없었다.

그때 시녀들이 연기가 밀려오는 반대편으로 공주님의 손을 잡아끌었다. 그러나 그것도 잠시뿐 백제군이 연밭으로 질퍽질퍽 걸어 들어와 아라공주를 끌어내었다.

"가자. 왕자님께서 산 채로 잡아 오라는 명이시다. 가자!"

아라공주는 끌려가지 않으려고 안간힘을 썼으나 백제군이 휘두르는 칼에 시녀들이 쓰러지자 그대로 끌려가고 말았다.

"공주님! 부디 살아만 계셔요."

"부디 참고 견디세요."

연꽃들은 아라공주의 뒷모습을 쳐다보며 다들 눈물을 흘렸다. 휘청거리며 끌려가던 아라공주의 모습이 잊히지 않아 나도 눈물이 그치지 않았다.

연밭을 휩쓸 것 같던 사나운 불길은 아라공주가 끌려가고 난 뒤 그대로 가라앉았다.

나는 불타 잿더미가 될 것을 각오했으나 살아남았다. 그러나 모든 것이 다 파괴된 처참한 전쟁의 광풍 속에서 한 송이 연꽃으로 피어 있는 내 존재가 한없이 부끄러웠다.

나는 나도 모르게 서서히 시들어가기 시작했다. 나뿐만 아니라 연밭의 모든 꽃들은 다 시들어 가을이 지나고 눈보라 몰아치는 겨울을 맞이하고 말았다. 꽝꽝 언 연밭에 허리 꺾인 초라한 연꽃대만이 찬바람에 흔들리다가 그대로 얼어붙었다.

백제군에 끌려간 아라공주님이 그 뒤 어떻게 되었는지는 아무도 알 수 없었다.

"왕자의 명이라고 했으니 죽이지는 않았을 거야."

"그렇지만 그 수모를 어떻게 견딜 수 있단 말인가."

"살아도 산목숨이 아니지. 나라를 잃고 부모를 잃은 그 굴욕을 견뎌내기 힘드실 거야."

나는 아라공주님이 그 수모와 굴욕을 견디어내시기를 소원했다. 나라를 되찾고 다시 아라가야의 꿈을 회복하기를 간절히 바랐다.

그러나 아라가야는 점차 멸망의 길을 걸었다. 한번 빼앗긴 나라를 되찾기는 어려웠다. 아라가야는 백제의 땅이 되었다가 나중에는 신라의 땅이 되고 또 고려의 땅이 되었다.

오랜 세월이 지나는 동안 내 삶의 터전인 연밭은 서서히 먼지와 흙더미에 파묻히며 퇴적돼갔다. 아무도 그곳에 아름다운 연꽃이 피는 연밭이 있었다는 사실을 알지 못했다. 무성히 풀이 자라고 나무가 자라는 동안 신라 때는 연밭 주변으로 성산산성이 높이 축조되었다.

나는 가까운 벗들과 함께 단단한 연씨가 된 채 땅속 깊게 파묻혔다. 너무나 깊은 땅속에 파묻혀 있어 다시 아름다운 연

꽃으로 피어나 아라가야를 부활시키고 싶은 꿈을 포기해야
만 했다.

"나도 이렇게 죽어가는구나. 죽기 전에 아라공주님을 한번
만날 수 있었으면……."

나는 점차 삶의 의욕을 잃어갔다. 깊고 두터운 흙과 자갈 더
미를 뚫고 다시 연꽃으로 피어날 수는 없었다.

"공주님, 저도 이제 죽어 공주님 곁으로 갑니다."

나는 죽어서라도 공주님을 한번 뵙고 싶었다. 나를 사랑한
다고 속삭이던 공주님의 고요한 목소리를 듣고 싶었다. 그리
멀지 않는 곳에 있었던 남녘 바다의 파도 소리도 듣고 싶었고,
연꽃에 이는 바람 소리도 듣고 싶었다.

그날 밤, 나는 가만히 귀를 기울였다.

아득하고 먼 데 어디선가에서 아라공주의 목소리가 들려
왔다.

"아라연꽃아, 넌 영원히 살아 있어라."

처음엔 누구의 목소리인지 알 수 없었다.

"왜 그리 힘을 잃었느냐? 힘을 내어라. 참고 견뎌야 한다."

나는 깜짝 놀라 더 깊게 귀를 기울였다. 환청은 아니었다. 분
명 내 곁에서 속삭이는 아라공주의 목소리였다.

"나도 참고 견뎠단다. 그 백제 땅에서 억울했던 모든 것을 참고 견디며 살아갔단다."

나는 한순간 아무런 대답도 할 수 없었다.

"참고 견디지 않으면 살아갈 수가 없단다. 너는 아라가야의 꽃이므로 나처럼 참고 견뎌야 한다."

"네, 공주님."

"희망을 잃지 말아라. 희망을 가져라."

"네, 공주님……."

대답은 그렇게 했지만 그때까지만 해도 나는 희망이 무엇인지 모르고 있었다.

"공주님, 희망이 무엇인지요?"

"희망은 생명이다. 희망을 가져야 살 수 있단다. 지금 당장은 아니더라도 그 언젠가는 네 존재의 가장 아름다운 꽃을 다시 꽃피울 수 있는 날이 분명히 있을 것이다. 그러니 아무리 고통스럽다 할지라도 참고 견뎌야 한다."

"네."

"이는 아라가야의 공주로서 아라연꽃인 너에게 마지막으로 하는 부탁이다. 잘 있어라, 사랑하는 내 가야의 꽃이여."

나는 절망과 고통 가운데서도 공주님께서 당부하신 희망

을 잃지 않았다.

"내 아무리 깊고 어둡고 차가운 땅속에 수백 년 동안 파묻혀 있다 할지라도 언젠가는 내 존재의 가장 아름다운 꽃을 꽃피울 수 있는 날이 분명히 있을 거야. 그러니까 나 자신에 대한 믿음을 가지고 기다리고 참고 견뎌야 해."

공주님의 말씀을 가슴에 새기고 참고 기다리며 견디는 동안 세월은 한없이 흘러갔다. 나라의 국호는 다시 또 바뀌어 고려가 조선이 되고, 조선이 대한민국이 되었다.

대한민국이 된 지 46년째 되던 어느 날, 가야문화재연구소 사람들이 성산 산성 유적지를 발굴 조사한다는 소식이 들려왔다.

가슴이 두근거렸다. 잠을 이룰 수 없었다. 드디어 내가 견디고 기다리던 날이 찾아온 것을 직감하게 되었다. 성산 산성에서는 신라 시대 때 목간(木簡)이 발굴되고, 5미터 정도 되는 퇴적층 연밭 터에서는 연씨인 나도 연이어 발굴 채집되었다.

사람들은 나를 농업기술센터에 보내 발아(發芽)를 의뢰했다.

나는 발아되었다. 이 얼마나 기다리고 기다리며, 견디고 견뎌온 것이었던가. 공주님의 말씀대로 나 자신에 대한 믿음을 가지고 참고 기다리고 견뎌왔기 때문에 나는 발아될 수 있었다. 그것은 기다림의 발아, 인내의 발아, 희망의 발아가 아닐 수 없었다.

"와! 발아가 안 되면 어떡하나 가슴이 조마조마했는데, 발아되었구나! 이건 기적이야, 기적!"

농업기술센터 사람들은 다들 기뻐 환호성을 터뜨렸다.

나는 발아된 뒤 2010년 초여름에 내 존재의 가장 아름다운 꽃을 피웠다.

"정말 아름답군. 고려 시대의 탱화나 벽화에서 볼 수 있는 연꽃이야. 변종된 오늘의 연꽃과는 달라. 고품한 아름다움이 느껴져. 방사선 탄소연대 측정법에 의하면 이 연씨의 연대가 1,300년~1,400년 전 가야 시대로 추측되기도 해."

사람들은 나를 볼 때마다 나의 아름다움에 입을 다물지 못하고 감탄을 거듭했다.

"아라공주님, 와서 보세요. 그날처럼 내 곁에 오셔서 내 뺨에 입맞춤해주세요."

나는 다시 기다림이 생겼다. 언젠가는 아라공주님이 예전처럼 내 뺨을 어루만지고 키스해주실 날이 있을 것이다. 그날을 기다리며 나는 언제나 기다림의 연꽃을 피울 것이다.

혹시 여러분들 중에서도 나를 보고 싶은 분이 계신다면 지금 경남 함안에 있는 '아라연꽃 테마파크'를 찾아오시면 된다. 여러분과 반갑게 만날 날을 기다리는 것 또한 나의 큰 기쁨이다.

한 알의 밀

한 알의 밀이 곳간 바닥에 떨어져 있었다. 밀을 수확하고 나면 몇몇 밀들은 자루 속에 들어가지 못하고 그만 바닥에 떨어지고 마는데 그도 그중 하나였다.

그는 처음엔 자루 속에 들어가지 않게 된 자신에게 특별한 행운이 따른다고 생각했다.

'아휴, 저 녀석들은 얼마나 답답할까. 비록 어두운 곳간이긴 하지만 저 더럽고 칙칙한 자루 속에 갇히지 않은 것만 해도 정말 다행이야.'

그는 좋아서 속으로 혼자 킥킥 웃었다. 그러나 그것은 그의 착각이었다. 함께 바닥에 떨어진 밀 중 하나가 바로 그날 밤 쥐에게 잡아먹혀버린 것이다.

그날부터 그는 계속 불안에 떨게 되었다.

'아, 내가 잘못 생각했어. 그렇게 좋아하는 게 아닌데…….
저 자루 속에라도 들어가 있어야 했어.'

그는 쥐에게 잡아먹힐까 봐 단 한순간도 마음을 놓을 수가
없었다.

'오늘밤은 분명 내가 잡아먹힐 차례일 거야.'

그는 바닥에 떨어진 다른 밀들이 쥐한테 다 잡아먹히고 혼
자 남게 되자 극도로 불안한 상태에 놓이게 되었다. 아무리 정
신을 차리려고 해도 눈앞이 아득하기만 할 뿐이었다.

곳간엔 서서히 어둠이 찾아오고 있었다. 한 줄기 새어 들어
온 저녁 햇살이 사라져버리면 곧 어둠이 덮치고 어디선가 쥐
가 나타나 자기를 덥석 물어 삼켜버릴 게 틀림없었다.

'하느님! 살려주세요!'

그는 자기도 모르게 햇살 쪽을 향해 무릎을 꿇고 하느님께
두 손을 모았다. 그러자 그때 갑자기 신발 끄는 소리가 들려
왔다.

누굴까?

잔뜩 긴장한 채 소리 나는 쪽으로 고개를 돌렸다. 밀농사를

지은 주인 농부가 성큼 곳간 문을 열고 들어서고 있었다.

그는 얼른 햇살 쪽으로 몸을 돌렸다. 그러자 농부가 허리를 굽혀 그를 집어 들었다.

"이게 왜 여기에 떨어져 있지?"

농부는 아무런 망설임 없이 그를 자루 속으로 톡 떨어뜨렸다.

'아, 하느님, 감사합니다!'

그는 마음속으로 크게 소리쳤다.

'아, 정말 십년감수했어! 진작 여기서 살아야 했어. 내가 살 곳은 바로 여기였던 거야.'

그는 자루 속이 편안하다 못해 아늑하게 느껴졌다.

"이 녀석, 어디 있다가 굴러온 녀석이냐? 온몸이 먼지투성이잖아?"

자루 속에 있는 밀들이 짓궂게 굴어도 그는 아랑곳하지 않았다. 그저 자루 속에서 그들과 함께 있다는 것만으로도 행복했다.

그러나 자루 안에서의 삶이 그렇게 꼭 즐겁고 행복한 것만은 아니었다. 차차 시간이 지나자 하루하루가 지루하게 느껴졌다. 왜 이렇게 자루 안에 갇혀 살아야 하는지, 또 언제까지 그렇게 살아야 하는지 도무지 알 수가 없었다.

그는 쥐한테 잡아먹히지만 않는다면 자루 밖으로 뛰쳐나가 곳간 바닥에 마음대로 나뒹굴고 싶었다. 더구나 여름이면 인내심이 한계에 달했다. 자루 안이 답답하고 너무 더워 살갗이 닿는 옆의 친구가 다 미울 지경이었다. 그래도 겨울이면 몸을 맞대고 서로의 체온으로 추위를 견딜 수 있어 그나마 다행이었다. 그러나 언제까지나 이 자루 속에서 아무 하는 일 없이 갇혀 살아야 하는가 싶어 하루하루가 그저 답답하기만 할 뿐이었다.

"친구야, 우리가 언제까지 여기서 이렇게 살아야 돼?"

"글쎄, 나도 잘 모르지만…… 우린 지금 기다림을 배우는 중이야."

"기다림? 도대체 뭘 기다려야 하는데? 넌 무엇을 기다리고 있는데?"

"글쎄, 우린 지금 그 누구보다도 가치 있는 삶을 살기 위해서 이렇게 기다리고 있을 거야."

친구는 그와는 달리 아무런 불평불만 없이 늘 하루하루를 기쁘게 사는 친구였다.

"가치 있는 삶?"

"그래, 이왕 밀로 태어났으면 가치 있는 삶을 살아야 되지 않을까? 그러기 위해서는 먼저 기다림을 배워야 되고. 우리가 자루 속에서 이토록 오래 있는 건 아마 기다림을 배우는 시간이 필요해서일 거야. 그러니까, 힘들더라도 좀 참고 기다려봐."

그는 친구의 말을 귀담아 들었으나 이해하기는 어려웠다. 가치 있는 삶이 무엇인지, 왜 가치 있는 삶을 살아야 하는지 마음만 더 복잡해질 뿐이었다.

그런데 바로 그날 아침, 다시 신발 끄는 소리가 들려왔다. 늦잠을 자다가 벌떡 일어난 그는 신발 끄는 소리가 자루 앞에 와서 딱 멈추자 숨을 죽였다. 무슨 일이 일어날 것만 같았다. 아니나 다를까, 자루 안으로 바가지를 든 손이 쑥 들어와 바가지에 밀을 가득 담았다.

'아, 절호의 기회다. 이 기회를 놓쳐서는 안 돼!'

그는 재빨리 바가지 안으로 몸을 들이밀었다. 그러나 바가지가 잠깐 기울어지는 순간, 그만 자루 안으로 다시 곤두박질치고 말았다. 그러고는 그만이었다. 주인 농부의 신발 끄는 소리는 더 이상 들리지 않았다.

그는 슬펐다. 엎친 데 덮친 격으로 이번에는 자루 한가운데 처박혀 살게 되었다. 자루 맨 위에 살 때는 그래도 숨쉬기가 수월했으나 자루 한가운데 살게 되자 숨이 막혀 죽을 지경이었다.

"친구야, 도대체 가치 있는 삶이란 뭐니? 꼭 그런 걸 생각해야만 되니? 난 단 하루라도 빨리 이곳을 빠져나가고 싶어."

그는 답답한 마음을 달랠 길 없어 멍하니 친구의 얼굴만 쳐다보았다.

"답답하기는 나도 마찬가지야. 내 생각에 그건 우리가 다시 땅에 뿌려지는 삶을 말하는 걸 거야."

"그건 우리가 죽어야 한다는 얘기잖아?"

"그래, 그렇지만 그냥 죽는 게 아니고 다시 사는 거야. 왜 이런 말도 있잖아. 한 알의 밀이 땅에 떨어져 죽으면 많은 열매를 얻는다는 말씀 말이야. 죽지 않으면 한 알 그대로 있고……."

"난 한 알 그대로 있을래. 열매는 얻어서 뭐해?"

"그런 말 하지 마. 그건 새 생명을 얻는 일이야. 우리가 이 세상에 태어난 건 바로 새 생명을 얻었기 때문이야."

"아, 알았어, 알았어. 설교는 그만 좀 해. 새 생명을 얻든 안 얻든 난 하루 빨리 이곳을 벗어나고 싶을 뿐이야."

"그래, 네 마음은 나도 알아. 좀 느긋하게 기다려봐."

친구는 마치 그를 투정 부리는 아기인 양 톡톡 어깨를 두드리며 다독거렸다.

사실 그는 예전과 달리 기도를 잘 들어주지 않는 하느님이 미워 견딜 수 없었다. 그렇지만 언제까지나 하느님을 미워하고만 있을 수는 없는 일이었다.

'하느님! 저로 하여금 이 자루 속에서 죽게 하지 마시고, 저 곳간 밖 양지 바른 땅에 떨어져 수많은 열매를 맺게 해주세요.'

그는 마음을 고쳐먹고 늦잠도 자지 않고 열심히 기도 생활을 시작했다. 물론 곳간 밖을 향해서는 언제나 활짝 귀를 열어놓았다. 비 오는 소리, 바람 부는 소리, 꽃 피는 소리, 꽃 지는 소리, 꽃잎이 바람에 흔들리는 소리, 새들이 날아가는 소리, 새들이 날아가다가 "찍!" 똥을 갈기는 소리, 별들이 나뭇가지에 앉아 기침하는 소리, 지붕 위로 부지런히 해 뜨는 소리 등 온갖 소리에 귀를 기울였다. 그러면 심심하지도 지루하지도 않았다. 어쩌면 직접 눈으로 보는 풍경보다 마음속으로 떠올리는 풍경이 더 아름다운지도 몰랐다.

다시 바람 부는 소리가 들렸다. 활짝 피어났던 꽃이 이제 시들어 꽃잎을 떨어뜨리는 소리도 들렸다. 그리고 홍시처럼 발갛게 물든 감잎 떨어지는 소리 사이로 곳간 문을 열고 들어오는 주인 농부의 걸걸한 목소리가 들렸다.

"이 녀석들! 그동안 잘 있었나? 좀 답답했지? 이제 어디 세상 구경 한번 나가볼까."

주인 농부는 밀 자루를 번쩍 들고 우물가로 가 밀을 꺼내 물에 푹 담가두었다가 밭으로 나갔다. 그리고 한 움큼씩 밀을 집어 밭에 파종하기 시작했다. 넓은 밭고랑에 골고루 밀을 뿌리고 깊지도 얕지도 않게 흙을 덮었다.

그는 흙냄새가 좋았다. 이제 많은 열매를 맺기 위해 땅에 떨어져 썩기 시작한다고 생각하자 하느님께 감사한 마음이 들었다. 가치 있는 삶을 살기 위해서는 먼저 기다림이 필요하다는 친구의 말도 어느 정도 이해할 수 있었다.

겨울은 생각보다 빨리 닥쳐왔다. 날이 갈수록 세상은 고요히 얼어붙었다. 어떤 때는 날이 너무 추워 바람과 햇빛마저도 얼어붙었다. 들쥐들이 배가 고파 흙을 파헤치고 파종된 밀을 파먹었으며, 새들 또한 밭에 내려앉아 밀을 쪼아 먹고 배고픔을 달랬다.

이렇게 어디에 있든 불안한 삶은 계속되었다. 그러나 그는 마음의 평정을 잃지 않았다. 가끔 두더지가 흙을 파헤치며 지나가도 조용히 흙의 숨소리에 귀를 기울였다. 폭설이 내린 뒤

노루들이 밭으로 내려와 막 파랗게 싹이 돋기 시작한 밀을 뜯어 먹어도 크게 불안해하지 않았다. 배고픈 노루들에게 자신을 내어주는 것 또한 가치 있는 삶이라고 여겨졌다.

그를 정작 불안하고 힘들게 만드는 것은 바로 동네 사람들이었다.

"요즘 밀농사 짓는 사람 누가 있나. 젊은 사람이 돌아도 단단히 돌았어."

그들은 주인 농부를 향해 거친 험담을 늘어놓았다.

"지어봐야 돈도 되지 않을 텐데 왜 힘들여 짓는지 몰라. 차라리 다른 작물을 키우지. 우리처럼 토마토를 키운다든가 파프리카를 키운다든가, 좀 발전적인 데가 있어야지. 언제 적 밀농사인데 아직도 저러고 있나. 지금은 보리농사도 짓지 않으려고 하는데 정말 안타깝군, 안타까워……."

주인 농부는 동네 사람들의 그런 말에 아랑곳하지 않았다. 그들이 그런 말을 하면 그저 빙그레 미소만 띠며 두더지가 지나간 자리나 얼어 부풀어 오른 자리를 지그시 발로 밟아줄 뿐이었다.

생각보다 겨울이 빨리 찾아왔듯이 봄 또한 빨리 찾아왔다.

봄이 오자 그는 자기도 모르게 더욱 뿌리를 내리고 쑥쑥 자라 올라 이삭이 패기 시작했다. 이삭이 패자 긴 수염을 단 꽃들이 무리지어 피어난 뒤 누렇게 타원형의 밀로 익어가기 시작했다.

그는 자신이 언제 죽었는지 알 수 없었다. 땅에 떨어져 죽을 때에는 견딜 수 없는 어마어마한 고통이 찾아올 줄 알았으나 그렇지 않았다. 자신도 알아차리지 못하는 사이에 수없이 새로운 이삭을 몸에 단 밀로 다시 태어나게 되었다. 그러고 보니 새롭게 쑥쑥 자라 올라 다시 태어나는 일이야말로 한 알의 밀알이 땅에 떨어져 죽는 일이었다.

"이 녀석들! 그동안 잘 참고 자라주어서 고맙다."

주인 농부가 거칠고 두툼한 손으로 그를 쓰다듬어주었다.

"이제 너희들을 수확해서 어디 멀리 보낼 거다. 여길 떠나더라도 날 잊지는 말거라."

주인 농부가 자꾸 머리를 쓰다듬어주자 그는 그만 눈물이 날 뻔했다.

며칠 뒤, 그는 트럭에 실려 밀밭을 떠났다. 어디로 가는지는 알 수 없었다. 오랫동안 살아온 고향을 떠나는 일이 두려웠으나 한편으로는 미래에 대한 기대감으로 가슴이 두근거렸다.

"우린 이제 어디로 가는 걸까?"

"제분 공장에 가서 밀가루가 되겠지. 우리밀 빵을 만드는 제과점에 팔려가거나……."

친구들은 별로 대수롭지 않게 말했으나 그는 어디로 가게 될지 궁금한 나머지 자꾸 마음이 두근거렸다.

그가 하루 내내 트럭을 타고 달려가 내린 곳은 '가르멜 수녀원'이라고 쓴 글씨가 새겨진 곳이었다.

"어서 오려무나. 여기까지 오느라고 수고했다."

검은 수도복을 입은 수녀들이 그를 반가이 맞아주었다.

그는 궁금했다. 친구들이 제분 공장이나 제빵점으로 간다고 했는데 가르멜 수녀원으로 들어오게 된 것은 정말 알 수 없는 일이었다.

"아하, 수녀님들이 칼국수를 좋아해서 우릴 칼국수로 만들려고 그러시나 보다."

함께 들어온 친구들이 그런 말을 했으나 꼭 그런 것만은 아니었다.

수녀들이 그를 대하는 태도는 아주 극진했다. 아주 귀한 손님이라도 맞이한 듯 손길 하나하나가 조심스럽고 정중했다.

'아마 수녀님들이 배추농사도 짓고 포도농사도 지으시는 걸 보니까 날 다시 땅에 심어 밀농사를 지으시려나 보다.'

그는 그런 생각을 하며 한동안 수녀원 곳간에 갇혀 다시 땅에 떨어질 날만을 기다렸다.

그러나 그는 다시 땅에 떨어지지 않고 어느 날 밀가루가 되었다. 수녀님이 그를 제분기에 넣어 한순간에 가루로 만들어버리고 말았다. 그것은 너무나 고통스러운 일이었다.

"옛날에 내 젊을 때만 해도 일일이 절구로 빻거나 맷돌에 빻아 걸러냈는데, 이젠 제분기가 있어 정말 편해졌어."

나이 든 수녀님이 젊은 수녀님에게 미소 띤 얼굴로 말을 이어나갔지만 그는 온몸이 으깨지는 아픔을 견뎌야 했다.

그는 가루가 된 자신을 바라보았다. 아무리 보아도 가루가 아니라 먼지 같았다. 그는 그런 자신이 너무나 보잘것없고 초라하게 느껴졌다. 작은 바람에도 곧 흩어져 사라져버릴 것만 같았다.

"흩어지면 안 돼. 뭉쳐야 돼. 우린 지금 밀가루가 된 거야. 우린 흩어지면 한낱 먼지에 불과해. 아무도 우릴 소중하게 생각해주질 않아. 그러니까 함께 손을 꼭 잡고 있어야 돼."

그는 자기 자신에게 말하듯 친구들에게 말했다.

"그래, 네 말이 맞아!"

친구들은 일제히 그의 말을 따랐다. 서로 손을 꼭 쥐고 놓지 않았다.

그러나 그는 며칠 뒤 맑은 물에 섞여 밀가루 반죽이 되고 말았다. 이번에도 나이 든 수녀님이 젊은 수녀님한테 일일이 설명을 덧붙였다.

"이 밀가루처럼 순수한 밀가루로 빚어야 돼. 늘 새로 구워서 부패의 위험이 전혀 없어야 하고. 누룩이나 다른 불순물이 섞이지 않은 순수한 밀로 만드는 것이 우리 교회의 오랜 전통이야. 그 점을 늘 잊지 말아야 해. 일체의 방부제와 불순물은 사용하지 못한다는 것, 누룩을 사용해서 발효시키는 것도 되지 않는다는 것······."

나이 든 수녀님은 진지하다 못해 자못 엄숙했다.

그는 수녀님들이 무엇을 만들 것이기에 이렇게 엄숙하나 싶어 자못 주눅이 다 들 정도였다.

반죽이 된 그는 얼마 지나지 않아서 아무 소리도 못하고 뜨거운 오븐 속으로 들어갔다. 그리고 오븐 속으로 들어가자마자 그 뜨거운 열기에 그만 기절해버리고 말았다.

얼마나 지났을까.

언뜻 정신을 차리자 그는 갓난아기 손바닥보다 작고 얇은 빵이 돼 있었다. 아니, 빵이라기보다는 동그란 과자 같았으며,

온몸 전체가 눈송이처럼 희디흰 빛을 내뿜고 있었다.

'이게 뭘까? 내가 도대체 뭐가 된 걸까?'

도무지 알 수 없었다.

"수녀님, 제가 무엇이 된 거죠? 빵이 된 거에요?"

나이 든 수녀님한테 물어보아도 수녀님은 잔잔히 미소만 띤
채 아무 말이 없었다.

그는 정성껏 포장된 몸으로 다시 어느 한 도시의 성당으로
실려 갔다. 그리고 제대 위에 있는, 항상 밝은 불이 켜져 있는
금빛 감실(龕室)에 안치되었다.

"도대체 여기가 뭐하는 곳이니? 우리가 왜 여길 온 거니?"

답답한 마음에 친구한테 물어보았으나 모르기는 친구도 마
찬가지였다.

그날 새벽, 그는 잠이 오지 않았다. 이리저리 뒤척이다가 감
실 안으로 새어 들어오는 불빛 사이로 제대 벽 십자가에 매달
려 있는 알몸의 사내와 그만 눈이 딱 마주치고 말았다. 그 사
내는 헝겊으로 아랫도리만 겨우 가린 채 고개를 축 늘어뜨리
고 있었다.

"힘들게 왜 거기 매달려 있어요? 내가 내려드릴까요?"

지금까지 단 한 번도 경험하지 못한 따뜻하고 부드러운 그

의 눈빛 때문이었을까. 그는 자기도 모르게 그 사내한테 불쑥 말을 걸었다.

"그만 내려오세요. 힘드실 텐데……."

사내가 고개를 약간 치켜들고 아무 말 없이 빙그레 미소만 띠었다.

"내가 왜 여기 갇혀 있는지 아시면 좀 가르쳐주세요. 도대체 내가 뭐가 된 거죠?"

어쩌면 저 알몸의 사내가 알고 있을 것이라고 생각돼 물어보았으나, 사내는 여전히 맑은 미소를 띠며 고요히 그를 바라다볼 뿐이었다.

얼마나 잤을까.

언제 잠이 들었는지 성가(聖歌) 소리에 그는 번쩍 눈을 떴다. 성당엔 어느새 사람들이 와서 무릎을 꿇거나 성가를 부르며 새벽 미사를 드리고 있었다.

그는 잠든 사이에 신부님이 들고 계신 황금빛 금잔 속에 담겨 있었다.

'내가 왜 여기에 있지?'

침착하려고 해도 자꾸 가슴이 떨려왔다.

사람들이 성가를 부르며 신부님 앞으로 한 사람씩 차례차

례로 다가왔다.

"그리스도의 몸!"

신부님이 나직한 음성으로 읊조리면서 내 친구들을 손바닥 위에 올려주었다. 그러자 신도들이 친구들을 두 손으로 공손히 받아들었다가 천천히 입안에 넣고 십자가에 매달린 그 알몸의 사내를 향해 두 손 모아 고개를 숙였다.

"지금 뭐하는 거야? 왜 사람들이 우릴 입안에 넣고 저러는 거야?"

도대체 이게 무슨 일이냐는 듯 그가 혼잣말을 내뱉자 옆에 있는 금잔 속의 붉은 포도주가 그를 쳐다보면서 말을 이었다.

"응, 그건 네가 성체(聖體)이기 때문이야."

"성체?"

"응, 바로 저기 십자가에 매달려 있는 예수님의 몸 말이야."

"뭐? 저 사람이 예수님이야?"

"그래, 놀라지 마. 난 예수님의 피야. 성혈(聖血)이라고 하지."

그때였다. 신부님 앞에 한 할머니가 다가와서 공손히 두 손을 내밀었다. 그러자 신부님이 그를 집어 들고 "그리스도의 몸!"하고 말하고는 할머니의 손바닥 위에 놓아주었다. 할머니는 그를 집어 입속으로 천천히 밀어 넣고 고개를 숙였다.

그때, 십자가에 매달린 예수님의 맑은 목소리가 그의 귀에 나직이 들려왔다.

"애야, 넌 내 몸이다. 넌 나를 대신해서 저 여인의 영혼과 함께하는 것이다."

"아, 예, 예수님⋯⋯."

그는 할머니의 입속으로 천천히 녹아들면서 자신도 모르게 눈물이 핑 돌았다. "우리 밀들은 가치 있는 삶을 살아야 한다."는 친구의 말이 떠올라 그는 더욱 눈물에 젖어들었다.

추기경의 손

함박눈 펑펑 내리는 겨울밤. 명동성당 사제관에는 밤이 깊었음에도 아직 불이 켜져 있다. 김수환(金壽煥) 추기경께서 두 손을 모으고 기도하느라 아직 잠자리에 들지 않았기 때문이다. 추기경께서는 오늘도 가난한 이를 위해, 병든 이를 위해, 부정한 이를 위해, 감옥에 있는 재소자를 위해, 부모를 잃은 어린이를 위해, 자식을 잃은 어머니를 위해, 산동네에 혼자 사는 노인을 위해, 그리고 나라를 위해, 국민을 위해, 세계 평화를 위해 두 손을 모으고 기도하느라 잠을 이룰 수 없다.

김수환 추기경의 기도하는 손은 이제 기도를 마치고 왼손과 오른손이 각자 따로 떨어져 있기를 원했다. 그러나 추기경께서는 가슴에 모은 두 손을 약간 심장 쪽으로 모으고 도무지 떼지를 않았다.

"추기경님, 이제 주무셔야죠. 벌써 새벽 두 시가 지났습니다."

추기경의 손은 혹시 추기경께서 시간을 잊으신 게 아닌가 하고 조용히 낮은 목소리로 말했다.

"괜찮다. 아직 기도해야 할 게 많이 남았다."

"그래도 주무셔야 합니다. 아침에 일찍 일어나셔야지요. 새벽 미사가 예정돼 있습니다."

"괜찮다. 졸리면 너 먼저 자려무나."

추기경의 손은 이럴 경우에 그저 기다리는 수밖에 없었다. 빨리 주무시라고 말씀을 드려도 추기경께서는 하시고 싶은 기도를 다 끝내지 않으면 잠자리에 들지 않았다.

기도뿐만이 아니었다. 추기경께서는 이곳저곳 다니셔야 할 곳도 많았다. 사목(司牧) 일로 사제들과 신자들을 만나는 일 외에도 어려움에 처한 가난한 사람들을 찾아다니시느라 하루가 마흔여덟 시간이라도 모자랐다.

"낮에는 다니시느라고 바쁘고, 밤에는 기도하시느라고 바쁘고, 그럼 언제 쉬신단 말이냐. 추기경님께서 좀 쉬시도록 우리가 도와야 한다."

하루는 왼손이 오른손에게 걱정이 가득 찬 목소리로 말했다.

"그러게 말이야. 저러시다가 정작 당신께서 병이 나면 어떡하시려고 그러시는지……."

오른손도 왼손의 말에 전적으로 동감의 뜻을 나타내었다.

"추기경님은 감사의 기도도 많이 하시지만 간구의 기도가 더 많아. 그것도 당신 자신을 위한 간구가 아니라 남을 위한 간구. 그러니까 저렇게 기도를 많이 하시지."

"네 말이 맞아. 무슨 좋은 방법이 없을까?"

"그래, 우리 좀 생각해보자."

김수환 추기경의 왼손과 오른손은 어떻게 하면 추기경님이 일을 좀 줄이고 편히 쉴 수 있을까 하고 고민에 고민을 거듭했다.

그러나 아무리 생각해도 별다른 방법이 없었다. 추기경께서 기도하시려고 두 손을 모으면 모아드릴 뿐 다른 뾰족한 생각이 떠오르지 않았다.

그러다가 어느 날 갑자기 왼손이 오른손을 탁 치면서 말했다.

"추기경님 대신 우리 손만 다니면 안 될까? 추기경님께서 가서야 할 곳을 우리가 미리 찾아가는 거야. 그러면 추기경님 께서 안 다니시고 좀 쉬셔도 되잖아."

"추기경님께서는 그냥 계시고 우리만 몰래 빠져나온다? 그 거 참 좋은 생각이다. 그런데 그게 가능할까? 성경 말씀에는 남을 돕더라도 '오른손이 하는 일을 왼손이 모르게 하라'고 하 셨는데……."

오른손은 왼손을 쳐다보며 불가능하다는 듯 고개를 가로 저었다.

"아니야. 하느님께 기도하면 돼. 추기경님께서 우리가 빠져 나간 줄 전혀 모르시게 해달라고 기도하는 거야. 그러면 들어 주시지 않을까?"

"그래, 그러자. 기도하자!"

왼손과 오른손은 그 자리에서 바로 한 몸이 되어 간절히 기 도를 올렸다. 짧은 기도가 하늘에 닿는다고 가장 짧은 기도를 올렸다.

"하느님! 우리 손만 몰래 빠져나가 추기경님 대신 일을 하 게 해주세요!"

그러자 놀라운 일이 벌어졌다. 추기경의 손이 그대로 존재

해 있는 상태에서 추기경의 기도하는 손만 밖으로 따로 빠져
나올 수 있었다.

"와! 우리의 기도를 들어주셨다!"

"하느님, 감사합니다!"

"우리 오늘밤부터 바로 나가자!"

"그래, 하루라도 미룰 필요가 없다!"

김수환 추기경의 기도하는 왼손과 오른손은 손뼉을 치며 기
뻐 춤을 추었다.

"어디로 갈까?"

"서울역에 가자. 추기경님께서 늘 노숙자들을 걱정하시잖
아."

그날 밤 그들은 바로 명동성당을 몰래 빠져나와 서울역으
로 갔다.

서울역엔 첫눈이 함박눈으로 평평 내리고 있었다. 마지막
열차가 도착한 지 한참 지났는지 서울역 광장엔 오가는 사람
이 거의 없었다. 여기저기 눈을 피할 만한 장소에 노숙자들이
웅크리고 앉아 있거나 소주를 마시거나 배낭을 베개 삼아 길
게 누워 있었다.

눈은 자꾸 내리어 서울역 야간 근무자 몇 명이 눈을 쓸어도

눈은 금세 그 자리에 다시 내려 쌓였다.

"이렇게 눈이 오면 가족들 생각이 나."

"나도 그래. 다들 잘 지내는지 모르겠어. 밥은 먹고 사는 지……."

어쩌다가 한두 마디 이야기를 나누는 노숙자들은 다들 쓸쓸하고 침울해 보였다.

추기경의 손은 어떻게 하면 그들의 기분을 전환시켜 한 순간이나마 기쁨을 선물할 수 있을까 하고 생각했다.

"눈사람을 만들자!"

추기경의 왼손과 오른손은 노숙자들의 손을 잡아끌었다.

"이렇게 누워만 있을 게 아니라 우리 눈사람을 만들어요. 저 광장 시계탑 아래에 서울에서 가장 큰 눈사람을 만들어요. 어서 일어나세요! 어서요!"

노숙자들은 좀처럼 일어나려고 하지 않았다.

"만들면 뭐해. 내일이면 곧 녹을 텐데……."

"아니에요. 녹지 않는 눈사람을 만들면 돼요."

"하하, 그런 눈사람이 세상에 어딨어?"

"이 사람아, 만들어보기는 했어? 일단 만들어보자구."

그들 중 나이 많은 할아버지 노숙자가 일어나 눈덩이를 굴리기 시작하자 다른 노숙자들도 하나둘 일어나 눈덩이를 굴리기 시작했다.

처음에는 굼뜬 몸놀림으로 눈을 굴리더니 그들은 곧 서로 크게 만들겠다고 야단이었다. 몇 명은 눈덩이를 굴리다가 눈을 뭉쳐 눈싸움을 하기도 했다. 그 모습이 꼭 어린애들 같았다. 그들의 가슴속에 숨어 있던 희망의 동심이 되살아난 것이다.

그때 눈사람 만드는 것을 지켜보고만 있던 한 노숙자가 마침 시계탑 앞을 지나가는 중년 남자한테 허리 굽혀 손을 내밀었다.

"배가 고파요."

추기경의 손은 얼른 그 노숙자한테 달려갔다. 무슨 욕이라도 얻어먹으면 어떡하나 하고 잔뜩 긴장하면서 재빨리 기도했다. 그 노숙자의 청을 들어주게 해달라고.

그러자 중년 남자가 호주머니에서 5만 원 지폐 한 장을 꺼내 노숙자의 손에 꼭 쥐어주었다. 그러고는 입고 있던 오리털 점퍼를 벗어 노숙자에게 입혀주고는 언제 그런 일이 있었느냐는 듯 얼른 그곳을 떠나버렸다.

노숙자는 어리둥절한 표정을 짓고 엉거주춤한 자세로 눈을 맞으며 그 자리에 가만히 서 있었다. 추기경의 손은 속히 오리

털 점퍼의 지퍼를 채워주고 같이 눈사람을 만들자며 그의 손을 이끌었다.

그날 밤, 서울역 노숙자들이 만든 눈사람은 좀 과장한다면 시계탑보다 더 크게 만들어졌다. 알록달록한 과자봉지와 마른 나뭇가지를 주워 눈사람의 눈과 코와 입을 만들었는데 눈사람이 팔을 벌리고 크게 웃고 있는 모습이었다.

노숙자 몇 사람도 눈사람 곁에 서서 팔을 벌리고 크게 웃었다. 어린 시절로 돌아가 눈사람을 만듦으로써 서울역을 아름답게 했다는 기쁨을 좀처럼 감추지 못했다.

다음 날 오후, 추기경의 손은 부지런히 지하철 종각역으로 향했다. 종각역은 서울에 지하철이 개통되던 1974년부터 있던 역인 데다 종로의 중심지라 사람들이 많이 붐볐다.

"보신각에서 제야의 종을 칠 땐 종각역에 사람들이 엄청 몰려들어."

"나도 종각역에서 직접 제야의 종소리를 들으면서 한 해를 보내고 새해의 소망을 빌고 싶었어."

"나는 늘 지하철을 한번 타보고 싶었어. 추기경님은 지하철을 타시고 싶어도 타실 일이 거의 없으셨잖아."

"그래, 맞아. 나도 지하철이 참 궁금해."

추기경의 기도하는 왼손과 오른손이 그런 이야기를 나누면서 보신각을 지나 종각역 4번 출구 앞에 막 도착했을 때였다.

종각역 계단 입구엔 잘린 두 다리에다 자동차 타이어 조각을 길게 덧댄 남자 한 명이 엎드려 있었다. 고개를 푹 숙이고 있는 남자 앞에는 플라스틱 바구니 하나가 놓여 있었고, 그 속에는 천 원짜리 한 장과 동전 몇 개가 놓여 있었다.

"여기 있으면 안 됩니다. 계단 입구에 있어서 통행에 방해가 됩니다."

언제 왔는지 역무원이 와서 남자한테 야단을 쳤다.

"여길 비켜주셔야지요. 당신 때문에 승객들이 잘 못 다니잖아요. 빨리 비켜주세요."

남자는 얼른 움직일 수 없었다. 두 다리가 없어 바퀴가 달린 나무판에 가슴과 배를 대고 엎드려 있는 사람이 누구의 도움 없이는 쉽게 움직일 수 없었다.

"당신을 누가 여기에 데려다 놓았어요? 누구예요?"

역무원은 남자에게 마구 역정을 내었다.

남자는 아무 말이 없었다. 약간 고개를 들어 역무원을 쳐다보았는데 그때 그의 눈이 너무 슬퍼 보였다.

추기경의 손은 급히 다가가 그 남자의 등을 쓸어주었다.

"울지는 마세요."

계속 등을 쓸어주며 그의 귀에 대고 속삭였다.

"참고 견디셔야 돼요. 누구나 자기만의 십자가를 지니고 있
답니다."

그들은 역무원이 남자를 도와 다른 곳으로 이동시키는 것
을 지켜보고 있다가 지하철 계단을 내려갔다. 그런데 계단 끝
에는 할머니 한 분이 껌 통을 들고 사람들이 껌을 사주기를 기
다리고 있었다.

"껌 하나 사세요."

할머니는 지나가는 승객들 앞에 힘없는 목소리로 껌 통을
내밀었다. 바쁜 걸음을 치는 승객들은 대부분 할머니의 껌 통
을 못 본 척하고 지나갔다.

"할머니, 우리가 들어드릴게요. 할머니는 좀 쉬고 계세요."

추기경의 손은 너무나 안쓰러워 할머니 대신 껌 통을 들고
서 있었다. 다행히 승객들 중에 자기 외할머니와 닮았다거나
할머니가 왜 저런 고생을 하시느냐고 안타까워하면서 껌을 사
주는 이가 있었다. 어떤 이는 껌은 받아가지 않고 돈만 주고 가
는 경우도 더러 있었다. 그리고 보니 할머니는 껌을 판다기보
다 껌을 핑계로 구걸 행위를 하는 것과 마찬가지였다.

"고마워요."

두 시간쯤 지나서 추기경의 손이 껌 판 돈을 드리자 할머니가 수줍은 듯 엷은 미소를 지었다.

"할머니, 이제 집에 가셔야지요. 식구들이 기다리잖아요."

"기다리는 사람은 없지만 집에 가서 이제 누워야지."

"할머닌 집이 어디세요?"

"종로3가 돈의동 새뜰마을 쪽방촌."

"그럼 할머니, 우리하고 같이 지하철 타고 가요. 종각역 다음이 종로3가역이잖아요."

"그래, 그래, 같이 가."

추기경의 손은 할머니를 부축하고 승강장 계단을 내려가 전동차가 들어오기를 기다렸다. 전광판에는 금세 열차가 전역을 출발했다는 안내 자막이 떴다. 곧 이어 "지금 열차가 들어오고 있습니다. 승객 여러분은 안전선 안으로 한 걸음 물러나주시기를 바랍니다." 하는 안내 방송이 나왔다.

그때였다. 한 젊은 여자가 전동차가 들어오는 선로 아래로 훌쩍 뛰어내렸다. 그리고 그대로 선로 위에 엎어져 있었다. 이미 전동차는 두 눈에 환히 불을 밝히고 씩씩거리며 들어오고 있었다.

순간, 추기경의 손은 망설임조차 없이 한순간에 뛰어내려 그 여자를 안고 승강장 위로 올라왔다. 그러자 채 몇 초도 지나지 않아 전동차가 들어와 멈추고 스크린도어의 문을 열었다.

"세상에!"

"이게 무슨 일이야!"

지하철을 타려던 사람들이 놀란 표정으로 다가와 웅성거렸다. 역무원도 급히 달려와 승강장 바닥에 누워 있는 여자를 두루 살폈다.

"크게 다친 것 같지는 않은데 정말 위험했어요."

추기경의 손은 역무원에게 여자를 인계했다.

"왜 그러셨어요……. 참으셔야 해요, 견디셔야 해요……."

추기경의 손은 여자에게 무슨 말을 해야 할지 몰랐다.

여자는 축 늘어진 몸으로 역무원의 부축을 받으며 천천히 엘리베이터 쪽으로 걸음을 옮겼다.

"젊은 사람이 뭣 땜시 저러나. 이 늙은이도 사는데……."

여전히 껌 통을 들고 할머니가 혼잣말을 하면서 안타깝다는 표정을 지었다.

추기경의 손은 할머니가 종로3가역에 내리는 것을 확인하고 계속 지하철을 타고 갔다. 오랜만에 탄 지하철은 타는 것 자체가 재미있었다.

지하철은 어느새 한강을 지나고 있었다. 차창 밖으로 보이는 한강의 풍경이 아름다웠다. 강 건너 멀리 보이는 높은 빌딩들이 서울이 대도시임을 말해주고 있었다.

그때 전동차 통로 어디선가 하모니카 부는 소리가 들려왔다. 흰 지팡이를 두드리며 하모니카를 불며 한 시각 장애인이 승객들 사이를 느린 걸음으로 지나갔다.

추기경의 손은 얼른 하모니카 소리를 따라갔다.

시각 장애인이 계속 하모니카를 불며 교대역에서 내렸다. 그리고 전동차가 들어오는 승강장 마지막 칸 기둥 앞에서 뚝 멈춰섰다. 이어 가방을 열고 부스럭부스럭 무언가 꺼내는 소리를 내었다.

그것은 김밥이었다. 시각 장애인이 썰지 않은 기다란 김밥을 비닐봉지에 넣은 채 조심스럽게 먹고 있었다.

"집에서 싸오셨나 봐요."

"네."

"물도 없이 드세요?"

"네."

시각 장애인은 묻는 말에 꼬박꼬박 대답을 했다.

"김밥을 하루에 몇 개 드세요?"

"이게 오늘 하루 식사예요. 그래서 집사람이 김밥을 아주 굵게 싸줘요."

그러고 보니 그가 먹는 김밥은 일반 김밥보다 굵기가 두 배는 더 돼 보였다.

그는 꾸역꾸역 김밥을 다 먹고 일어나 다시 전동차에 올라 하모니카를 불었다.

"아저씨, 우리가 하모니카를 불어드릴게요. 이제 좀 쉬세요."

"그래도 될까요?"

"그럼요. 아저씨는 바구니만 들고 따라오세요."

그날 추기경의 손은 시각 장애인의 하모니카를 밤늦도록 대신 불어주었다. 대중가요도 부르고 가곡도 부르고 가톨릭 성가도 부르고 찬송가도 부르고 동요도 불렀다.

돈을 주는 승객은 그리 많지 않았다. 준다 해도 백 원이나 오백 원짜리 동전이 대부분이었고 어쩌다가 천 원 지폐를 바구니에 넣는 이도 있었다.

"오늘은 지하철에서 할 일이 참 많았지?"

사제관으로 돌아와 손을 씻으며 왼손이 말했다.

"그래, 생각보다 많았어. 이 많은 일들을 추기경께서 다 하시려면 얼마나 힘드시겠어. 우리가 추기경님 몰래 이런 일을 하는 것은 정말 잘한 일이야."

"맞아. 잘하는 일이야."

추기경의 기도하는 왼손과 오른손은 서로 손을 꼭 잡고 그날 하루를 마무리했다.

다음 날, 그들은 일찍 일어났다. 돌아가신 어머니의 시신을 6개월이나 안방에 그냥 두고 함께 살았다는 중학생 소년을 만나러 가기 위해서였다.

어젯밤에 김수환 추기경께서 신문을 보다가 "세상에 이런 일이 다 있다니!" 하고 크게 놀라면서 슬퍼한 일이 있었다.

"내가 그 중학생을 좀 만나봐야겠어."

추기경의 손은 추기경께서 그런 말씀을 하시는 것을 듣고 서둘러 길을 떠났다.

중학생 소년의 집은 경기도 이천에 있었다. 이미 시신은 치워지고 장례를 다 마쳤지만 그동안 소년은 얼마나 무섭고 두려웠을까.

소년은 마침 학교 선생님과 여관에서 하룻밤을 잔 뒤 경찰서 조사를 다 마치고 일단 집에 돌아와 있었다.

추기경의 손은 먼저 소년의 눈물부터 닦아주었다.

"그동안 참 힘들었지. 얼마나 무서웠겠니······."

소년은 울먹였다.

"죄송해요. 어떻게 해야 할지 알 수가 없었어요. 연락할 데도 없었고요. 엄마하고 헤어지고 싶지도 않았어요."

"그래, 엄마는 이제 천국에 계시니까 걱정 안 해도 돼."

"나중엔 엄마가 돌아가셨다는 사실을 알리지 않은 게 겁이 났어요."

"그래, 그래. 미안하다. 내가 진작 찾아왔어야 하는데······."

"아니에요. 아무도 찾아와주지 않아서 그게 더 나았어요."

추기경의 손은 마치 엄마가 안아주듯이 소년을 꼭 안아주었다. 깊은 슬픔이 북받쳐 올랐지만 소년 앞에서는 눈물을 보이지 않았다.

마침 소년이 다니는 학교 측에서 소년의 주거지를 마련해주기 위해 동분서주한다는 소식이 들려왔다.

"잘 있어. 힘내고. 엄마 보고 싶으면 언제든지 눈을 감고 기도해. 그러면 엄마가 보일 거야."

"네, 고맙습니다."

추기경의 손은 소년의 집을 떠났다. 오래도록 소년의 곁에 머무르고 싶었지만 그럴 수는 없었다. 어디선가 갓난아기의 울음소리가 계속 들려왔기 때문이다.

"아기 울음소리가 왜 계속 나지? 어디지?"

그들은 소리 나는 곳을 향해 부지런히 달려갔다.

그곳은 경기도 성남시에 있는 어느 모텔이었다.

"아기 우는 소리가 안 들리세요?"

"글쎄요."

모텔 주인은 아무 소리도 안 들린다고 하면서 고개를 갸우뚱했다.

"지금 이 모텔 어디에서 갓난아기 울음소리가 자꾸 나요."

그들은 아기 울음소리가 나는 곳을 다급히 찾아 나섰다.

아기 울음소리는 모텔 이층 객실 화장실에서 나는 소리였다. 어느 투숙객이 화장실에서 아기를 낳고 좌변기 속에 버린 채 그대로 도망가버린 상황이었다.

"아이구머니나, 이를 어쩌나?"

모텔 주인여자가 놀라 소리치자 추기경의 손은 얼른 아기를 건져내었다.

파랗게 질린 아기의 울음소리는 쉽게 그치지 않았다.

모텔 주인여자가 경찰에 신고하고 복지기관에서 달려와 아기를 데려가고 하는 동안 추기경의 손은 아기를 꼭 안아주었다. 참으려고 해도 저절로 눈물이 아기한테 떨어져 내렸다.

"축복은커녕 이렇게 화장실에 버려지다니!"

"사람들이 도대체 왜 이러는 거야? 이러니 추기경께서 잠 못 이루고 기도할 수밖에 없는 거야."

그들은 그날 사제관에 돌아와서도 치솟아 오르는 슬픔과 분노를 가라앉히지 못했다.

이렇게 김수환 추기경의 기도하는 손은 매일같이 하루도 거르지 않고 추기경을 대신해서 찾아가야 할 곳을 부지런히 찾아다녔다.

다행히 추기경께서는 자정 무렵이 되면 잠자리에 드셨다. 평소 불면증이 있었으나 언제 그런 증세가 있었느냐는 듯 어떤 때는 밤 열 시에도 주무실 때가 있었다. 그러면 김수환 추기경의 손은 또 몰래 추기경을 빠져나와 도움이 필요한 사람들을 일일이 찾아다녔다.

산동네에 혼자 사는 노인들을 찾아가 라면을 끓여드리기도 하고, 방구석에 처박아둔 묵은 옷가지도 찾아 빨래를 해드리기도 하고, 이런저런 옛이야기를 들어드리기도 하고, 지하철역 환경미화원들을 찾아가 열심히 화장실 청소를 같이 하기도 했다.

서울역 노숙자들은 거의 빠지지 않고 매일 찾아갔다. 종이
박스를 바닥에 깔고 웅크린 노숙자들의 잠을 일일이 쓰다듬
어준 뒤 머리맡에 컵라면과 생수를 갖다 두기도 하고, 점심때
는 무료 급식소에 들러 자원봉사자들과 함께 국과 밥을 퍼주
기도 했다.

김수환 추기경의 기도하는 손이 추기경 몰래 빠져나와 살
아가기 어렵고 힘든 사람들을 찾아다닌 일을 일일이 다 이야
기할 수는 없다. 다만 추기경께서 편찮으셔서 병원에 입원하
신 뒤로는 밖으로 나가지 않고 추기경님 곁을 끝까지 지켜드
렸다.

하루는 추기경께서 휠체어를 타고 병실 복도로 나가 보름달
구경을 하고 돌아와서 말씀하셨다.

"오늘 유난히 명동성당 종탑 위에 걸린 보름달을 보고 싶구
나. 예전에 명동 교구청에 살 때는 성당 언덕을 내려왔다가 올
라갔다가 하면서 종탑 위로 휘영청 떠오른 보름달을 몇 번이
고 보곤 했지."

그날 추기경께서는 왼손과 오른손을 꼭 잡고 "내가 너희들
에게 부탁이 있다." 하고 말씀을 이으셨다.

"너희들은 내가 세상을 떠나고 나서도 나를 필요로 하는 가난한 사람들을 나 대신 찾아가 늘 기도하고 도와주도록 하거라."

"네, 추기경님……."

김수환 추기경의 기도하는 손은 추기경께서 선종하신 이후 지금까지도 그 약속을 지키고 있다. 가난하고 병들고 외로운 사람들을 늘 찾아가 위로하고 그들이 잘 살아갈 수 있도록 열심히 돕는다. 그럴 때마다 추기경께서 마지막으로 하신 말씀, 그 말씀의 목소리가 들린다.

"고맙습니다. 서로 사랑하세요."

선암사 해우소

원래 내가 살던 곳은 순천 선암사(仙巖寺) 야생 차밭이다. 선암사 삼인당(三印塘)에서 일주문으로 올라가다가 오른쪽 흙길을 따라 들어가면 그곳에 800여 년 전부터 이어져 내려온 야생차 군락지가 있다. 밭고랑을 맞추어 인위적으로 다소곳이 정리된 차밭이 아니라 그냥 자연 그대로 자생적으로 형성된 차밭이다. 스님들만을 위한 차밭이어서 일반인들은 들어올 수 없는 곳이다.

나는 대대로 그곳에서 살아왔다. 그렇다고 내가 차나무는 아니다. 차밭 가운데 있는, 스님 한 분이 편안하게 앉을 만한 크기의 작은 바윗돌이다. 모서리가 툭 튀어나오긴 했지만 윗면이 평평해서 사람이 앉으면 엉덩이가 배기지도 않고 편안함을 느낄 수 있다.

나는 오랫동안 스님들의 사랑을 받아왔다. 봄에 찻잎을 딸때 허리가 아프면 스님들은 나를 찾아 잠시나마 엉덩이를 걸치고 쉬었다 가곤 했다.

찻잎을 따는 일은 노동 강도가 높다. 쉬엄쉬엄 놀면서 딸 수가 없다. 찻잎을 따는 시기가 정해져 있어 그때그때 제 시기에 따지 않으면 안 된다. 차의 명칭이 다 다른 것은 찻잎을 딴 시기로 나누기 때문이다. 찻잎을 곡우 전에 수확하면 우전, 그 이후에 따면 세작, 중작, 대작이라고 하고, 세작은 갓 돋아나온 찻잎이 참새 혀와 같다고 해서 작설차(雀舌茶)라고도 한다.

선암사에서도 봄에 서너 번은 찻잎을 수확하게 되는데 한번 하면 보통 새벽 3시까지 하게 된다. 그러니 스님들이 얼마나 힘들겠는가. 젊은 스님들은 그래도 괜찮지만 나이 든 스님들은 여간 힘든 일이 아니다. 그래서 나는 늘 스님들이 찻잎을 딸 때 잠시라도 걸터앉아 쉬는 의자 역할을 해왔고, 그런 나를 스님들은 무척 애지중지해주었다.

차밭을 가꾸고 찻잎을 따고 차를 덖고 하는 모든 행위는 스님들에겐 구도 행위다. 나는 그런 스님들과 함께 선암사 녹차

밭에 사는 일이 늘 행복하다. 단 한 번도 다른 곳에 가서 살고 싶다는 생각을 한 적도 없다.

그것은 바로 야생 차밭의 아름다움 때문이다. 많은 사람들이 삼나무와 참나무가 우거진 숲 아래에 펼쳐진 선암사 자생 차밭을 보고 그 아름다움에 찬탄을 금하지 못한다. 일본의 한 다인(茶人)은 선암사 차밭의 아름다움에 눈물까지 흘린 적이 있고, 또 어떤 이는 "선암사 절 자체도 아름답지만, 그 진정한 아름다움은 차밭에 있다."고도 한 적이 있다. 그러니 이런 아름다움의 한 부분으로 사는 나는 그 얼마나 행복한가. 나 스스로 자랑과 긍지를 지녀도 조금도 지나치지 않다.

나는 아직 한 번도 선암사 차를 마셔본 적은 없다. 스님들이 드시는 차를 바윗돌에 불과한 내가 마시고 싶다고 생각하는 것 자체가 불경한 일이다. 그래도 어떤 때는 차 맛이 어떤 맛일까 궁금하지 않는 것은 아니었다.

한번은 허승(虛承) 스님이 나를 찾아와 다기를 놓고 차를 드셨다. 허승 스님은 선암사 다맥(茶脈)을 오늘에 잇고 계시는 분으로 차밭을 가꾸어 차를 생산하고 다례(茶禮)를 가르치는 등 차에 관한 모든 일을 도맡아 하신다. 절에서 차를 달여서 여러 사람에게 이바지하는 분을 다각(茶角)이라고 하는데 허승 스님이 바로 그런 분이다.

"밖에 나와 차를 드니 정말 좋구나. 세상이 차 향기로 가득하고, 못난 내가 차나무가 되었구나. 자연이 인간에서 준 가장 위대한 선물이 바로 이 차가 아니겠는가."

스님은 차를 드는 기쁨을 온전히 자신에게 선물하고 있었다.

"스님, 저도 차를 한번 들어보면 안 될까요?"

나의 어디에서 그런 용기가 났는지 모르지만 내가 불쑥 스님께 청을 올렸다.

"네가 차를 들고 싶다고?"

"네, 스님, 저도 차를 한번 맛보게 해주세요. 지금까지 800년 동안 여기 살았지만 단 한 번도 차를 들어본 적이 없어요."

"아하, 그렇구나. 먹어보고 싶기도 하겠구나. 그럼 내가 한잔 따라주지."

스님께서는 내 가슴에 뜨겁게 연푸른빛이 도는 녹차 한 잔을 찻잔 가득 부어주셨다.

나는 행복했다. 800년 만에 처음 마셔보는 선암사 차였다.

"어떠냐? 내가 만든 차다."

"스님, 감사합니다. 감개무량합니다."

"차 맛이 좋으냐?"

"제가 어찌 맛을 이야기할 수 있겠습니까. 그동안 차나무가 자라고 잎이 나고 찻잎을 따고 하는 구경만 했지 이렇게 마셔 본 것은 처음입니다. 저는 이렇게 차를 마신 것만으로 행복합니다."

"그래, 내가 가끔 너에게도 차를 줘야겠구나. 차를 드는 사람들 사이에서는 선암사 차를 최고로 친다. 선암사 야생차는 차나무가 나무숲이 우거진 음지에서 자라 찻잎이 연하다. 또 안개가 자주 끼는 습한 기후의 영향을 받아 아주 깊은 맛을 낸다. 물론 가마솥에 찻잎을 덖어 말리는 작업을 구증구포(九蒸九曝)한다. 즉 아홉 번 찌고 아홉 번 말리기를 거듭하는 전통 제다법(製茶法)을 항상 따른다. 너도 알다시피 선암사 차밭은 규모가 작아 수확량이 적지만 귀한 대접을 받는다. 스님 외에 일반인들이 선암사 차 맛을 보기가 그리 쉽지 않다는 점이 좀 안타깝기는 하지만……."

"네, 스님 말씀을 들으니 제가 지금 귀한 차를 들고 있다는 걸 알겠습니다. 저는 지금까지 그토록 좋은 차밭에 사는 줄 모르고 있었습니다."

"차 맛이 좋지? 처음에는 잘 몰라도 자꾸 들면 자기 나름대로 어떤 맛을 느끼게 된다."

"제가 무엇을 느끼겠습니까마는 이슬의 맛이라고 할까요, 이슬의 향기라고 할까요, 제가 늘 받아먹는 이슬의 맛과 향기가 납니다."

"오! 너는 정말 그렇겠구나. 우리는 구수하고 깊은 맛이 나서 어떤 때는 누룽지처럼 구수하다고도 한다."

"네, 스님, 제게 차를 마실 수 있는 큰 영광을 베풀어주셔서 감사합니다."

나는 이렇게 허승 스님에 의해 그해 봄부터 가끔 스님이 부어주시는 차를 들게 되었다.

그러나 호사다마(好事多魔)라고나 할까. 그런 행복한 일은 오래가지 않았다.

가을이 깊어가고 낙엽이 온통 선암사를 붉게 물들이던 어느 날이었다.

한동안 통 보이지 않던 허승 스님이 나를 찾아오셨다. 스님은 오셔놓고도 오랫동안 물끄러미 나를 쳐다보기만 하셨다.

"내가 너한테 할 말이 있어서 왔다."

스님은 한참 만에 입을 여셨다.

"그런데 차마 말이 입에서 떨어지지 않는다."

"스님, 무슨 말씀이온지요? 무슨 말씀이신지 스님 말씀은 다 받아들이겠습니다."

"진정 그리하겠느냐?"

"네."

"내 너를 해우소(解憂所)로 데려가야겠다."

"네?"

나는 처음엔 무슨 말씀인지 잘 알아차리지 못했다.

"해우소 아래층에 새로 기둥을 하나 더 세워야 하는데 마침 받침돌이 필요하다."

그제야 나는 스님께서 무슨 말씀을 하시는지 알아차렸다.

"저를 어디로 옮기시려고요?"

"그래, 그렇다. 네가 거기에 꼭 맞을 것 같다."

"스님, 저는 여기를 떠나본 적이 없습니다. 제 삶터는 바로 스님이 가꾸시는 차밭입니다. 저를 여기 그대로 있게 해주십시오."

나는 더럭 겁이 나 목소리를 높여 스님한테 간절히 애걸하다시피 했다.

"나도 보내고 싶지 않아 안 된다고 했다. 그런데 주지 스님께서 너를 데려오라고 하시는구나."

"스님, 스님께서는 녹차 밭을 가꾸실 때나 찻잎을 따실 때 허리가 아프시면 꼭 저한테 오셔서 쉬시잖아요. 제가 없으면 어떡하시려고요."

"그래서 나도 안 된다고 했다. 그렇지만 해우소에 받침돌이 당장 필요하고 네가 적격이다."

스님의 말씀은 부드러웠지만 단호했다. 내가 애걸한다고 해서 될 일이 아니었다.

"해우소가 어떤 곳인지요?"

"그야말로 근심 걱정을 푸는 곳이다."

"저는 근심 걱정이 없습니다, 스님."

"모든 존재는 다 근심 걱정 덩어리다. 그것을 어떻게 푸느냐 하는 문제가 있을 뿐."

나는 스님의 말씀에 어떡해야 할지 몰랐다. 내가 해우소에 가지 않겠다고 버틸 수 있는 상황이 아니었다. 내가 버텨도 스님께서 나를 그곳으로 옮겨버리면 그만이었다.

"제가 해우소로 가면 스님하고는 이제 이별이잖아요."

"아니다. 내가 자주 들르는 곳이니까 우린 서로 만날 수 있다."

"정말이세요?"

"그럼!"

"약속하세요?"

"그럼, 약속하지."

나는 결코 원하지 않았지만 그날 당장 젊은 스님들에 의해 차밭을 떠나 해우소로 옮기게 되었다. 스님께서 자주 들르신다는 말씀이 그나마 위안이 되었다.

해우소는 무슨 큰 기와집 같았다. 첫눈에 무척 우아하고 고풍스러워 보였다. 대문 위엔 '뒷간'이라고 써놓은 나무판이 붙어 있었다. 인간의 근심과 걱정을 푸는 곳이므로 부처님을 모셔놓은 법당이 아닌가 하는 생각이 얼핏 들었다.

"스님, 뒷간이 무슨 뜻인지요?"

"변소를 뜻한다. 측간이라고도 하고 똥둑간이라고도 하고 정낭이라고도 한다."

나는 스님이 가르쳐주셔도 그곳이 무엇을 하는 곳인지 얼른 알아차릴 수가 없었다.

해우소는 앞에서 보면 일층 누각처럼 보이지만 뒤로 걸어 내려가 뒤편에서 보면 이층 누각이었다.

나는 해우소에 도착하자마자 뒤편 아래층으로 갔다. 기와집 안방만한 공간을 이루고 있는 아래층에서는 위층을 받치기 위해 소나무 기둥을 새로 세우고 있었는데 그 기둥을 받칠 받침돌이 필요했다. 나는 내가 바로 그 받침돌이라는 것을 직감했다.

"크기가 딱 알맞군요. 윗면이 편평한 게 아주 좋습니다."

젊은 스님들이 내 위에다 굵지만 휘어진 소나무 기둥을 올려놓고 위층 한 면에다 고정시켰다.

"됐어. 진작 기둥 하나를 더 세워야 했는데, 이제 염려하지 않아도 돼."

"진작 했어야 했는데, 좀 늦은 감이 있어. 이제 이 녀석들이 위층을 잘 받쳐줄 거야."

스님들은 그런 이야기를 끝으로 나를 그곳에 두고 각자의 소임 자리로 돌아가버렸다.

나는 갑자기 차밭에서 해우소 아래층에 와서 사는 신세가 되었다.

아래층엔 나 외에도 소나무 기둥을 받치고 있는 바윗돌이 몇 개 더 있었다.

"여기가 뭘 하는 곳이지? 도대체 내가 어디에 온 거지?"

궁금함을 이기지 못하고 내 옆에 있는 시커먼 바윗돌한테 말을 붙여보았다.

"좀 있어 보면 알게 돼. 널 환영해야 할지 어떻게 해야 할지 모르겠지만, 아무튼 만나서 반가워."

그는 내게 연민의 눈빛을 보낼 뿐 자세히 알려주지 않았다.

나는 더 이상 말을 붙이지 않고 고단한 김에 잠을 청했다. 사방에서 가을바람이 들어와 시원했다. 내가 받치고 있는 소나무 기둥은 실려온 지 얼마 되지 않았는지 향긋한 솔향기가 났다. 나는 솔향기를 맡으며 깊은 잠속으로 빠져들었다.

아침에 눈을 뜨자 사방 문이 닫혀 있었다. 실내가 어두컴컴했다. 늘 밝은 햇빛과 맑은 바람 속에 살던 나로서는 갑자기 들이닥친 어둠에 눈앞이 캄캄해졌다. 한줄기 빛이 새어 들지 않는 것은 아니지만 이대로 늘 어둠속에서 살아야 한다고 생각하니 끔찍하게 여겨졌다.

그러나 더 끔찍한 일이 그날 아침부터 일어났다.

위층에서 무엇인가 내 몸에 툭 떨어지는 게 있었다.

"이게 뭐지?"

궁금해서 눈을 밝히고 보자 그것은 스님이 눈 똥이었다. 똥덩어리가 오줌과 함께 내게 툭 떨어진 것이었다.

그제야 나는 내가 무엇이 되었고 어디에 와 있는지 한순간에 알아차리게 되었다. 그곳은 스님들이 대소변을 보는 곳이었다. 위층에서 눈 똥오줌이 아래층으로 툭 떨어지는 곳이었다.

"아, 이럴 수가! 내가 사람들의 똥오줌을 받아먹으며 살아야 한다니!"

나는 놀라 입이 다물어지지 않았다.

시간이 가면 갈수록 스님이나 불자들이 찾아와 누는 똥오줌의 양은 늘어났다.

나는 점점 똥 무더기 속으로 잠겨들었다.

온몸이 가렵고 두드러기가 돋았다. 냄새 또한 고약했다. 지금까지 한 번도 맡아본 적이 없는 악취였다.

'차 향기를 맡던 내가 똥냄새를 맡으며 살아가다니!'

생각하면 생각할수록 나 자신이 비참하게 느껴졌다. 입을 크게 벌려도 숨도 제대로 쉴 수 없었다. 위층에서부터 시시각각으로 몰려오는 무게의 중압감도 견디기 힘들었다.

"스님! 살려주세요!"

대소변을 보러 온 스님들을 향해 힘껏 소리쳐봐도 아무 소용이 없었다.

늘 나를 보러 온다고 약속한 허승 스님은 언제 다녀가시는지 통 보이지 않았다. 허승 스님한테 배반당했다는 생각에 한

순간 분노가 치솟았다. 분노는 더 큰 고통 속으로 나를 집어던졌다. 근심 걱정을 푸는 곳이 해우소라고 하지만 나에겐 오히려 고통의 발원지이자 생산지였다.

고통 속에 신음하고 있는 나와는 달리 다른 받침돌들은 그대로 무덤덤하게 똥오줌을 받아들이고 있었다. 나와는 달리 무척 평온했다.

"너희들은 이게 아무렇지도 않니? 이렇게 사는 게 제대로 사는 삶이라고 생각하니?"

내가 그런 말을 해도 아무 대답도 없었다. 그들은 고통 속에 허우적거리는 나를 그저 지켜보고만 있을 뿐이었다.

나는 곧 지쳐버렸다. 아니, 나 자신을 포기해버렸다. 몸부림쳐봐야 아무 소용이 없다는 것을 알아차리는 데에는 그리 많은 시간이 걸리지 않았다. 내 몸에 똥오줌이 떨어지든 말든 그저 숨을 쉴 수 있는 것만 해도 다행이었다.

그때 내 바로 옆에 있는 바윗돌이 나를 향해 말했다.

"힘들지? 정말 죽고 싶을 거야. 세상의 그 좋은 데를 다 놔두고 하필이면 똥 뒷간에 와서 살아야 하다니 이 얼마나 불행한 일이냐."

"정말 불행한 일이야. 세상에 이보다 더 큰 불행은 없어."

"그래도 힘을 내. 열심히 살아야지. 우리는 죽고 싶어도 죽을 수가 없어. 소나무 기둥이야 언젠가는 썩어 여길 나갈 수가 있지만 받침돌인 우리는 여길 나갈 수가 없어. 우리는 썩지 않아. 깨지지도 않아. 선암사 해우소가 없어지지 않는 한 우리는 여기에서 살아야 해. 그러니까 이제 여기가 내 사는 집이다 하고 해우소에서의 삶을 받아들여."

그는 그동안 하고 싶었던 말을 참고 있었다는 듯 열심히 이야기했으나 나는 대답할 힘조차 없었다.

"여기도 살면 살아갈 만해. 그래도 일 년에 한 번은 청소를 해. 리어카를 동원해 똥을 다 퍼내고 깨끗하게 청소하고 여길 잠시 비워두지. 그럴 때는 참 좋아. 오랜만에 맑은 공기를 들이쉬는 거지. 또 가을이면 선암사 낙엽이란 낙엽은 모두 여기로 와. 똥과 낙엽이 한데 섞여 한 몸을 이루어. 그래서 위층에서는 여기처럼 암모니아 냄새가 안 나. 낙엽이 냄새를 먹어버리거든."

나는 그의 이야기를 듣는 둥 마는 둥했다.

그러나 그는 틈만 나면 내게 해우소 이야기를 들려주었다. 처음에는 듣기 싫었으나 차츰 그의 이야기에 귀를 기울이게 되었다.

"선암사 해우소는 지은 지 400여 년쯤 됐어. 참 오래되었지. 나는 아마 그때부터 여기 있었는지도 몰라. 우리나라 해우소 중에서는 가장 아름다운 해우소로 이름나 있어. 선암사 스님 중엔 선암사에 놀러 왔다가 그만 해우소의 아름다움에 반해 출가한 스님도 있어. 물론 지방유형문화재로 지정돼 있지. 그래서 나는 나 나름대로 선암사 해우소에 산다는 자부심도 있어."

"글쎄, 난 그렇지 않아. 그저 하루하루 힘들기만 해. 난 원래 선암사 야생차밭에 있었어. 그 차밭은 800여 년 되었지. 차밭에 있을 때는 나도 너처럼 그런 자부심이 있었어. 그런데 해우소에서는 아직 그런 마음이 안 들어."

"세월이 지나면 너도 그런 생각이 들 거야. 위층 변소간에는 '몸속의 대소변만 버리지 말고 마음속에 있는 번뇌와 망상까지도 미련 없이 버리시오.'라는 글귀가 붙어 있어. 사람들이 똥오줌을 누면서 번뇌와 망상까지도 버릴 수 있는 곳, 그런 곳이 바로 여기야. 인간의 번뇌와 망상까지 배출시켜주니 우리가 그 얼마나 대단한 존재냐. 나는 늘 그런 자부심을 지니고 살아."

"아이구, 넌 참 속도 좋다. 인간의 온갖 번뇌와 망상까지 껴안고 살아야 하니 우리가 그 얼마나 힘드냐?"

"아니지. 그건 우리한테 오면 썩어 없어져. 똥오줌에 섞이고 낙엽에 섞여서 나중에는 아예 없어져버려. 그러니 너무 걱정하지 마."

나는 그의 말에 피식 웃음을 터뜨렸다. 해우소에 살면서 처음으로 터뜨려보는 웃음이었다.

한번 웃고 나서 그런지 내 마음은 다소 편안해졌다. 어떤 고통이라도 참고 견딜 수 있는 힘이 생기는 듯했다. 신은 내게 견딜 수 없는 고통은 결코 주시지 않는다는 생각도 들었다.

그와는 점차 속마음을 털어놓는 친구가 되어갔다. 그는 자신도 나와 똑같은 고통의 과정을 거쳤다고 하면서 나를 동생 대하듯 했다.

"그런데 해우소가 왜 이렇게 깊은 거야? 똥오줌 떨어지는 소리가 텅텅 울리잖아."

나는 이제 궁금한 점이 있으면 그에게 물어보기를 주저하지 않았다.

"대부분 산사의 해우소는 무척 깊어. 수많은 대중이 사용하기 때문에 넓고 깊어야 해. 너무 깊어서 위층에서 변을 보다가 아래를 내려다보면 다리가 다 떨릴 정도야."

그는 쭈그리고 앉아 덜덜 다리 떠는 시늉을 내다가 "해우소에 얽힌 재미있는 이야기 하나 해줄까." 하면서 이야기를 이어갔다.

"옛날에 통도사, 법주사, 선암사 주지 스님 세 분이 서로 이야기를 하다가 자기 절에 대중이 얼마나 많은지 한번 헤아려보는 이야기를 나누게 되었어. 서로 자기 절에 대중이 많다고 은근히 자랑하고 싶었던 거야. 먼저 통도사 스님이 '우리 통도사 돌쩌귀에 쇳가루가 서 말 서 되나 떨어졌다네.' 하고 말을 하고 나섰어. 이 말은 절의 문을 너무 여닫는 바람에 쇠붙이로 만든 돌쩌귀가 많이 닳았다는 이야기야. 결국 절을 찾는 대중이 많다는 뜻이지. 그러고 나서 통도사 스님이 법주사 스님한테 '법주사 솥이 크다는데 얼마나 큰가?' 하고 물었어. 그러자 법주사 스님이 얼굴에 웃음기를 싹 지우고 '글쎄, 재보지 않아서 모르지만 동지 팥죽을 끓이면 배를 타고 다녀. 그런데 작년에 배를 타고 들어가신 분이 풍랑을 만나 아직도 못 나오고 있다네.' 하고 말했어. 배를 타고 다닐 정도로 솥이 크니 그 솥이 얼마나 크겠나. 정말 크겠지. 이 또한 배를 타고 팥죽을 많이 끓여야 할 만큼 대중이 많다는 뜻이야. 그러자 이번에는 법주사 스님이 선암사 스님한테 '선암사 뒷간이 크다는데 도대체

얼마나 큰가?' 하고 물었어. 그러자 선암사 스님은 '글쎄, 서울
서 오신 신도가 일을 보고 나서 나중에 서울에 당도하고 나면
그때서야 툭 떨어지는 소리가 난다네.' 하고 말했대. 그만큼 선
암사 뒷간이 크고 깊다는 얘기지. 하하!"

나는 그의 이야기를 듣고 한참 웃었다. 너무 웃어서 눈물이
찔끔 났다.

"지금 대웅전 바깥벽에 큰 통나무를 파서 만든 구시(밥통)가
하나 있는데 한때는 1,300여 명이 그 구시에 담긴 밥을 퍼 먹
었다고 해. 그러니 그 많은 사람들이 수백 년 동안이나 수없이
해우소를 들락거렸을 거 아니냐. 1597년 선조 30년에 선암사
에 화재가 났는데 그때 '뒷간이 남았다'는 기록이 있대."

그의 이런 이야기는 밤새 이어질 때도 있었다.

나는 그가 이야기를 한번 꺼내면 싫어하지 않고 열심히 들
었다. 그것만이 내가 해우소에서 견딜 수 있는 유일한 힘의 근
원이었다.

"하루하루 힘들지만 참고 견뎌야 돼. 우리가 이렇게 견딤으
로써 해우소 위층을 받쳐주고 사람들이 안심하고 똥을 눌 수
있는 거야."

나는 이런 말을 해주는 그가 고마웠다. 만일 그가 없었다면

해우소 받침돌로서의 삶을 참고 견딜 수 없었을 것이다.

한 해가 지났다. 그동안 똥오줌의 양은 점점 늘어 소나무 기둥 절반 이상이나 가득 찼다. 나는 온몸이 똥오줌 속에 그대로 파묻혔다. 숨을 쉬고 살아 있는 것만 해도 기적이었다.

'똥오줌이 넘치기 전에 서둘러 치워야 하는데 왜 이렇게 안 하지?'

나는 스님들이 분뇨 수거 작업하기를 이제나저제나 기다렸다.

그런 가을 어느 날, 허승 스님이 나를 찾아왔다. 그날이 바로 해우소에 출입금지 팻말을 세워놓고 아래층에 가득 찬 분뇨를 수거 작업하는 날이었다.

"그동안 고생이 많았제?"

스님은 똥오줌으로 범벅된 나를 더럽다 여기지 않고 다정히 쓰다듬어주셨다.

"스님, 저를 만지시지 마세요. 더럽습니다."

"아니다, 넌 마음도 몸도 다 깨끗하다. 이 세상에 너만큼 깨끗한 존재는 없다. 나는 그동안 늘 여기에 와서 근심 걱정을 풀었다. 아마 내 똥오줌도 네 머리 위에 떨어졌을 게다."

"스님이 다녀가셨어요? 저는 한 번도 찾아와주시지 않는다고 얼마나 섭섭했는데요."

"거의 매일 들렀다. 그리고 새벽마다 너를 위해 기도했다. 너에게 인내의 힘을 달라고. 그 인내를 통해 자비를 구현하게 해달라고."

"아, 저는 그런 줄도 모르고 스님을 미워했습니다. 용서해주십시오. 제가 지금까지 참고 견딜 수 있었던 것은 오로지 스님의 기도 덕분인 줄 이제 알았습니다. 감사합니다."

나를 똥오줌 속에 살게 한 스님에게 한바탕 욕을 하고 화를 내어도 모자랄 텐데 나는 나도 모르게 감사를 올리고 있었다.

"나랑 차밭에 있었을 때가 가끔 그리울 게다. 나도 너랑 차를 나누던 날이 그립다."

"네, 그립습니다."

"그렇지만 참고 견뎌야 한다. 견딘다는 것은 희생한다는 것을 의미하고, 희생한다는 것은 자비를 실천한다는 것을 의미한다. 이 세상에 희생 없는 자비는 없다. 너는 지금 그런 희생과 자비를 통해 부처가 되는 길을 가고 있다. 나도 못 가는 그길을 너는 몸소 실천함으로써 가고 있다. 모든 똥오줌을 받아들이는 너의 마음속에는 이미 부처가 있다. 똥 눌 데가 없어서 똥을 못 눈다면 사람이 어떻게 되겠는가. 죽지 않겠는가. 그러니까 너는 인간의 생명을 살리는 존재다. 어찌 그게 부처가 되는 길이 아니고 무엇이겠나."

"네, 스님. 제겐 과분한 말씀이지만 스님의 말씀을 가슴 깊이 새기겠습니다."

나는 요즘 사람들이 해우소를 찾지 않는 깊은 밤이면 스님들이 좌선하듯 좌선의 시간을 갖는다.

'해우소에 사는 내 존재의 가치는 무엇인가.'

'의미 없는 고통은 없다. 인간의 똥오줌을 뒤집어쓰며 살아야 하는 이 고통의 의미는 무엇인가.'

이런 화두를 높이 들고 깊은 무념의 세계에 빠진다.

차에서 가장 중요한 것은 찻잎이 아니라 차나무의 뿌리다. 뿌리가 찻잎의 품질을 좌우한다. 선암사 야생 차나무의 뿌리는 그 길이가 땅 위에 솟은 나무 키의 서너 배에 이른다. 선암사 차의 구수하고 담백한 맛과 향은 그 깊은 뿌리에서 나온다.

나도 인간의 생명을 위해 선암사 해우소의 뿌리가 되어야 한다. 내가 위층을 받치고 있지 않으면 해우소는 무너져 내린다. 뿌리가 없으면 나무가 쓰러지듯이 받침돌인 내가 없으면 해우소는 무너진다. 나는 차나무 키의 몇 배에 이르는 그런 뿌리가 되어야 한다.

그러나 나는 아직 인간을 위해 내가 희생함으로써 내 삶에 어떤 기쁨이 형성되는지 모른다. 그렇지만 지금도 나는 선암사 해우소 아래층 밑바닥 받침돌로서 수많은 중생들의 똥오줌을 받아먹으며 살고 있다.

선암사 야생 녹차 밭에 부는 바람과 새소리가 늘 그립다. 그렇지만 그 그리움 또한 잘 견뎌내야 하리라. 어쩌면 그러한 견딤 속에 부처가 되는 길이 있을지도 모른다.

진실

인간의 모든 삶에는 진실이 있었다. 인간의 삶은 어떤 일이든 일의 연속이므로 그 일에는 반드시 진실이 있게 마련이었다.

남의 재산을 훔친 도둑이 훔치지 않았다고 하고, 채무자가 채권자한테 돈을 빌린 사실이 없다고 하고, 폭력으로 상해를 입힌 가해자가 가해를 하지 않았다고 하고, 혼인 빙자 간음을 한 자가 결혼 약속을 한 적이 없다고 해도 진실은 반드시 존재하고 있었다.

진실의 모습은 큰일이든 작은 일이든 늘 변함이 없었다. 그 무게는 저울로 달 수 없는 무형의 무게로 그 무겁기가 늘 한

결같았다.

진실은 깊은 산속 마을에 있는 옹달샘과도 같았고, 안방 문틈으로 고요히 새어 들어오는 아침 햇살과도 같았다. 진실은 봄이 되면 꽃을 터뜨리기 직전의 꽃망울과도 같았고, 여름이면 광화문 광장에 한바탕 쏟아지는 소나기와도 같았고, 가을이면 부석사 무량수전 가는 길에 수북이 쌓인 노란 은행잎과도 같았고, 겨울이면 산동네 골목마다 함박눈으로 내리는 첫눈과 같았다.

진실은 늘 맑고 순결했다. 더럽지도 때 묻지도 않았다. 진실은 존재 그 자체로서 고결하고 숭고했다. 인간의 삶을 형성하는 가장 소중한 가치였다.

그러나 진실은 정작 인간의 삶에 존재해 있기를 싫어했다. 특히 인간의 마음속에 들어 있기를 원하지 않았다. 그것은 어디까지나 인간의 거짓 때문이었다.

"진실을 말하세요! 진실을!"

진실이 이렇게 소리쳐도 인간은 진실을 이야기하지 않았다. 청년이든 노인이든 대부분의 인간이 진실을 이야기하지 않고 거짓을 이야기했다.

"제발 거짓말 좀 하지 마세요!"

진실이 이렇게 호소해도 인간은 거짓의 편에 서기를 좋아했다. 누가 왜 무엇을 어떻게 그렇게 했는지, 무엇이 진실인지 잘 알고 있으면서도 진실을 외면하기 일쑤였다.

그것은 진실 옆에 언제나 거짓이 존재해 있기 때문이었다.

"나를 따라다니지 마. 난 네가 싫어!"

진실이 거짓을 향해 화를 내어도 거짓은 빙긋이 웃으면서 은근히 진실의 손을 잡으려고 했다. 그럴 때마다 진실은 기겁을 하고 멀리 도망가버렸다.

그러나 아무리 도망가도 진실 옆에는 항상 거짓이 따라와 동행했다.

"날 따라오지 말라니까! 내 옆에 붙어 있지 말란 말이야!"

아무리 소리쳐도 진실 옆에는 늘 거짓이 따라다녔다.

진실은 날이 갈수록 인간을 떠나고 싶었다.

인간이 진실을 만드는 것이지만 진실은 눈송이처럼 또는 마당의 장작처럼 그대로 쌓이기만 할 뿐 제 모습을 드러낼 수 없었다. 거짓 또한 인간이 만드는 것이지만 언제나 진실보다 거짓이 먼저 화려하게 치장한 얼굴을 드러내고 거리를 활보했다.

진실은 속이기도 좋아하고 속기도 좋아하는 인간이 싫었다.

거짓에게 속고 있다는 것을 잘 알면서도 진실을 외면하고 거짓의 손을 잡고 있는 인간을 보면 구역질이 나곤 했다.

진실은 고민이 되었다.

'이젠 사람의 마음속에 살기 힘들어. 어떡하면 좋지? 임금님 귀는 당나귀 귀라고 말하는 소년도, 발가벗은 임금님을 보고 발가벗었다고 이야기하는 인간도 이제는 찾아볼 수가 없어.'

진실은 절망감에 깊이 빠졌다. 그렇지만 그럴 때마다 더욱 진실을 이야기하고 싶었다. 진실의 가슴을 열어젖혀 만천하에 진실의 심장을 보여주고 싶었다.

그러나 그럴 수가 없었다. 인간은 여전히 진실보다 거짓을 믿었다. 거짓인 줄 알면서도 거짓에다가 진실의 옷을 입혔다. 거짓의 어깨에 걸쳐진 진실의 옷은 결국 진실이 아니었다.

하루는 진실이 신문을 보다가 6·25 전쟁이 북침이라고 주장하는 이들이 있다는 사실을 알고 마음이 몹시 언짢았다.

'남침을 북침이라고 주장하다니……'

진실은 숨이 탁 막히는 것처럼 가슴이 답답했다.

'분명 북의 김일성이 남침을 한 침략 전쟁인데도, 국군 전사자만 해도 14만 명이나 되고, 죽거나 다친 민간인이 100만 명이 넘는데도, 스탈린과 마오쩌둥의 승인과 지원을 받고 남침이 감행된 것이라고 구소련 외교 문서가 공개되었는데도 북침임을 주장하는 이들이 대한민국에도, 대한민국을 분단시키는 데에 결정적 역할을 한 중국에도 있다니…….'

진실은 그럴수록 더욱 진실의 심장을 꺼내 보여주고 싶었다. 그러기 위해서는 아무리 싫어도 인간을 떠나서는 안 되는 거였다. 언젠가는 진실을 알려주기 위해서 인간을 떠나고 싶어도 떠날 수가 없었다.

진실을 외면하는 세월은 자꾸 흘러갔다.

거짓은 가짜를 낳고 또 가짜는 거짓을 낳았다. 세상은 점차 가짜 뉴스가 판을 치는 세상이 되어갔다. 사람들은 사실에 입각한 진짜 뉴스를 도무지 믿으려 들지 않았다.

거짓과 가짜의 힘은 점점 커졌다.

진실은 수많은 거짓 앞에 마음이 점점 불안해졌다. 마른 나뭇가지처럼 바짝 몸이 마르고, 그대로 있다가는 병에 걸려 앓아누울 것만 같았다.

그런 어느 날이었다.

해군 소속의 천안함이 서해 백령도 인근 해상에서 어뢰 공격을 받아 침몰되는 사건이 있었다. 아까운 청춘 46명의 수병(水兵)이 수장되었다. 이에 정부는 5개국 24명의 국제적인 전문가들로 민군합동조사단을 구성, '천안함이 북한의 어뢰 공격으로 침몰한 것'이라고 조사 결과를 발표했다.

그러나 많은 사람들이 정부의 발표를 믿으려 하지 않았다. 10여 년의 세월이 지나도 천안함 침몰은 북한 소행이 아니라 좌초되었거나 미국 잠수함과 충돌한 것이라는 가짜 뉴스가 사라지지 않았고 그것을 굳게 믿는 사람들이 있었다.

진실은 가슴이 답답했다. 진실의 입을 열지 않고는 도저히 그대로 가만히 있을 수가 없었다. 하루는 광화문에 있는 높은 빌딩 옥상에 올라가 "천안함 폭침은 북한 소행이다!" 하고 진실의 목소리를 크게 외쳤다. 인간에게 처음으로 연 진실의 입이었다.

그러나 사람들은 여전히 진실의 목소리에 귀를 기울이지 않았다.

진실은 이제 인간의 곁을 정말 떠날 때가 되었다고 생각되었다.

그런 어느 날, 진실이 인간의 곁을 떠날 결심을 하게 되는 사건이 일어나고 말았다. 그것은 평범한 한 남녀에 관한 일 때문이었다.

그날 진실이 지하철을 타려고 급히 계단을 내려갔을 때였다. 한 젊은 여자가 지하철 통로 의자에 앉아 고개를 숙이고 울고 있었다. 겉으로는 그냥 지하철을 기다리고 있는 것 같았지만 속으로는 깊이 흐느끼고 있었다. 그녀는 방금 한 남자한테서 더 이상 관계를 지속시키지 말자는 이별의 통고를 받았던 것이다.

"우리 이제 만나지 말자."

남자는 일방적으로 그런 말을 하고 지하철 출구 쪽 계단을 올라가버렸던 것이다.

진실은 조심스럽게 여자 가까이 다가가 앉았다. 남자의 진실을 알려줌으로써 그녀의 눈물을 그치게 하고 싶었다.

"울지 마세요. 나는 진실이라고 해요. 울고 있는 당신을 그냥 지나칠 수가 없군요."

그녀는 아무 말이 없었다. 진실을 쳐다보지도 않았다.

"그 사람은 당신을 사랑하지 않아요. 이게 진실이에요."

진실은 조용히 진실의 입을 열었다.

"아뇨, 그렇지 않아요. 그 사람만큼 나를 사랑하는 남자는 없어요."

여자는 진정 그 남자를 사랑하고 있었다.

"그렇지만 그 사람은 당신을 사랑한 적이 없어요. 이제 더 이상 만나지 말아야 해요. 그 남자는 기혼남으로 가정이 있는 남자예요. 당신을 사랑하지 않으면서도 당신의 젊음과 육체를 탐냈을 뿐이에요."

"아니에요. 그럴 리가 없어요. 진실이라면서 왜 저한테 그런 거짓말을 하세요?"

여자는 진실의 말을 믿지 않았다. 오히려 거짓말을 한다고 뜨악한 표정을 지었다.

"저는 그 사람이 나를 사랑하고 있다고 믿어요. 사랑하기 때문에 헤어지자고 하는 거예요."

"아니에요. 그렇지 않아요. 그 남자는 당신을 사랑하지 않아요. 사랑하지 않기 때문에 헤어지자고 한 거예요. 거듭 말씀드리지만 이게 진실이에요."

"그렇게 말씀하셔도 저는 그 남자가 나를 사랑한다고 믿어요."

그들이 이야기를 주고받는 동안 전동차가 지하철 바람을 일으키며 몇 번이나 그들 앞을 획 지나갔다.

"그건 거짓 사랑이에요. 사랑하지 않으면서도 사랑한다고 속인 거예요. 거짓 사랑은 사랑이 아니에요."

그녀는 거짓 사랑이라는 사실을 인정하지 않았다. 오히려 진실의 말을 더 이상 듣기조차 싫다는 듯 화를 내면서 등을 돌렸다.

진실은 조용히 그 여자의 곁을 떠났다.

큰 용기를 내어 인간에게 진실의 입을 열었으나 진실이 받아들여지지 않았다. 마음이 몹시 언짢았다. 그녀에게 진실을 말했다는 사실 자체가 후회스러웠다.

마음이 상한 탓인지 진실은 몇 날 며칠 앓아누웠다. 진실을 외면하는 인간을 이해한다는 것이 너무나 힘들고 고통스러웠다.

"이제 인간에게 진실을 말하지 않을 거야. 아무 소용이 없어. 인간이 싫으면 내가 인간을 떠나면 돼."

진실은 인간을 떠나기로 결심했다.

'거짓이 판치는 세상에서 내 존재 가치는 없어. 내가 없어져야 비로소 내가 얼마나 중요한 존재인지 알 수 있을 거야.'

진실은 인간 세상의 모든 진실을 다 가지고 인간의 도시를 떠났다.

'어디로 가야 하나?'

막상 어디로 가야 할지 알 수 없었다.

'어디서 누구를 만나야 내 진실을 온전히 다 지니고 있을

수 있을까?'

진실이 몇 날 며칠 걷다가 다다른 곳은 바닷가 개펄이었다.

그곳에 인간의 모습은 보이지 않았다. 밀물과 썰물이 자유롭게 드나드는 너른 개펄 속에 바지락, 백합조개, 모시조개, 우럭조개, 둥글레조개 등의 크고 작은 조개와 농게, 방게, 달랑게 등의 게와 쭈꾸미, 낙지 등이 살고 있었다. 그들은 생존 자체가 진실이었다.

진실은 매일 썰물 때에 개펄에 나가 그들을 구경하는 게 재미있었다. 그러나 마음은 우울했다. 스스로 떠나왔지만 인간 세상에서 버림받았다는 생각이 자꾸 들었다.

"넌 왜 그렇게 맨날 울상이니?"

하루는 개펄에 있던 백합조개가 말했다.

"말해봐. 내가 다 들어줄게."

진실이 아무 말도 하지 않자 백합조개가 퍽 안타깝다는 표정을 지었다.

"정말 내 말을 다 들어줄 수 있니? 그리고 누구한테도 말하지 않겠다고 약속할 수 있니?"

"그럼, 약속할 수 있지. 난 입이 무거워. 한번 약속하면 무슨 말이든 옮기지 않아. 입을 꽉 다물고 약속을 지켜."

진실은 수평선을 등지고 백합조개를 가만히 쳐다보았다. 정말 입을 꽉 다물고 있으면 그 누구도 그의 입을 열 수 없을 것 같았다.

"난 이 세상의 모든 진실이라고 해. 그런데 아무도 진실인 나의 말을 들어주지 않아. 그래서 인간 세상을 떠나왔어. 인간들이 싫어서……."

"그렇구나. 그러면 내 가슴속으로 들어와. 나는 몸은 작지만 가슴은 넓어. 내가 엄마처럼 널 다 받아줄게."

진실은 주저하지 않고 백합조개의 가슴속으로 들어갔다.

"내가 입을 다물고 있으면 아무도 네가 어디 있는지 몰라. 그러니까 마음 편히 지내."

조개의 몸속에 들어간 진실은 그제야 마음이 평안했다. 더 이상 인간에게 진실을 밝히려고 애쓰지 않아도 되었다. 이제 인간이 진실을 원하든 원하지 않든 아무 상관이 없었다. 조개의 몸속에서 파도 소리를 듣고 가끔 바닷물을 들이켜는 것만으로 행복했다.

조개 또한 바닷물을 조금 들이켤 때 외에는 진실의 입을 열지 않았다. 꼭 다문 입에 힘을 주고 늘 진실을 지켜주었다.

그런 가운데 세월은 흘러갔다.

인간 세상은 진실이 존재하지 않음으로써 점차 거짓 세상이 되어갔다.

진실을 기억하는 사람도 점차 사라졌다. 행여 진실을 기억하는 사람이 있어도 진실을 숨기는 데에만 급급했다. 수많은 사람들이 거짓을 진실이라고 굳게 믿고 살아감으로써 거짓이 진실인 세상이 되었다.

그러나 그런 세상에서도 봄에 새싹이 돋듯 진실을 원하는 사람들이 하나둘 나타나기 시작했다.

처음으로 진실의 존재를 찾아 나선 이는 바로 진실이 진실의 입을 열었던 그 젊은 여성이었다. 그녀는 거짓 사랑에 의해 삶이 계속 파괴되는 고통의 나날을 보내는 가운데 진실의 말이 진실이었음을 문득 깨닫게 되었다.

"맞아. 진실의 말은 정말 진실이었어. 그 남자는 처음부터 나를 사랑하지 않았어. 그런데도 나는 진실의 말을 아예 들으려고도 하지 않았어. 오히려 화를 내었지. 진실이 진실을 알려주는데도 받아들이지 않고 거부한 내 잘못이 커."

그녀는 진실을 다시 만나보고 싶었다. 진실을 만나 사과하고, 사랑의 진실만큼 더 중요한 진실은 없다는 사실을 깨닫게 해주셔서 감사하다는 마음을 전하고 싶었다.

그러나 그 어디에서도 진실을 만나기 어려웠다.

'진실이 나를 떠났어. 아니야. 내가 진실을 버린 거야. 내가 진실을 외면하고 거부했기 때문이야. 이제 진실을 다시 찾아야 해. 진실을 찾아 그의 말을 들어야 해.'

그녀는 진실을 찾아 나섰다.

그러나 진실의 모습은 보이지 않았다. 진실이 어디에 있는지 어디로 갔는지 그저 막막하기만 했다.

'진실을 외면한 사람이 나뿐만이 아닐 거야. 수없이 많을 거야. 그러니까 나 혼자 이럴 게 아니라 다들 힘을 합쳐야 해.'

그녀는 '진실을 찾는 모임'을 만들었다. 처음에는 한두 명에 불과했으나 점차 시간이 지나자 수많은 사람들이 회원에 가입하고 다들 진실을 찾아 나섰다.

멀리 서해 바닷가 개펄에 사는 진실의 귀에도 사람들이 그를 찾고 있다는 소식이 전해졌다. 사람들이 진실을 찾는다는 것은 그만큼 그들의 삶이 거짓에 훼손되고 파괴되었다는 것을 의미했다.

그러나 진실은 사람들 앞에 나서기가 무섭고 두려웠다. 진실을 만나고도 진실이 무엇인지 알지 못하고 또 거부할까 봐 겁이 났다.

"백합조개야, 사람들이 나를 찾는데 어떡하면 좋지?"

진실은 어머니 같은 백합조개의 의견을 먼저 구했다.

"네가 나서야지. 네 임무는 인간에게 진실을 알리고 깨닫게 하는 것이야."

"인간에게 버림받은 내가 진정 그럴 필요가 있을까?"

"당연히 있지. 인간은 진실을 필요로 하는 존재야. 진실이 아니면 인간은 존재할 수 없어. 그러니까 네가 나서서 진실을 알려야 해."

백합조개는 진실에게 용기를 불어넣어주려고 애를 썼다.

"네가 원하면 내가 같이 가줄게."

"그래, 같이 가. 그런데 진정으로 나를 찾는 게 아니면 어떡하지?"

"그땐 무슨 일이 있어도 내가 입을 열지 않으면 돼."

진실은 백합조개의 말에 용기가 솟았다.

"그래, 가자. 인간의 마음이 거짓이면 절대 진실을 알려주지 말자."

진실은 흔쾌히 백합조개와 함께 개펄을 떠나 아침 일찍 광화문 광장에 도착했다. 그곳엔 '진실을 찾는 모임'이 주최한 '진실 찾기 범국민대회'가 열리고 있었다.

광장에는 진실을 원하는 수많은 사람들이 모여 있었다. '진실을 밝혀라' '우리는 진실을 원한다' '진실만이 살 길이다' '진실은 평화, 거짓은 지옥' 등의 구호가 적힌 피켓을 든 사람도 있었고, 단상에 올라 마이크를 들고 진실의 가치와 미래에 대해 연설하는 이도 있었다.

백합조개는 가슴에 진실을 품고 천천히 단상에 올랐다.

"여러분, 나는 진실입니다. 지금 내 가슴속에 인간 세상의 모든 진실이 있습니다. 진정 진실을 원하시는 분이 있으시면 내 입을 여십시오. 그러면 진실이 무엇인지 알 수 있을 것입니다. 그러나 진실을 원하는 마음이 거짓이라면 내 진실의 입은 영영 열리지 않을 것입니다!"

백합조개의 말을 듣고 수많은 사람들이 단상 앞으로 몰려들었다.

"저 조개의 입을 열자!"

"우리는 진실을 원한다!"

"진실은 저 조개 속에 있다!"

사람들이 주먹 쥔 팔을 흔들며 소리쳤다.

주최 측이 서둘러 질서 유지에 나섰다.

"줄을 서십시오. 앞에 선 사람부터 한 사람씩 나와서 이 백합조개의 입을 여십시오. 이 조개의 입속에 우리가 원하는 모든 진실이 다 들어 있습니다."

주최 측 사회자의 말이 끝나자 처음 단상에 올라간 사람은 젊은 여자였다. 여자는 붉은 매니큐어가 칠해진 긴 손톱을 이용해서 조개의 입을 열려고 했으나 백합조개의 입은 열리지 않았다.

다음은 아랫배가 나온 중년의 사내였다. 그 사내 역시 조개의 입에다 자기 송곳니를 대는 등 갖은 노력을 했으나 백합조개의 입을 열지 못하고 곧 단상을 내려갔다.

그 다음 사람들도 마찬가지였다. 다들 조개의 입을 열지 못하고 애꿎게 용만 쓰다가 단상을 내려갔다.

점차 시간은 지나갔다.

한 사람씩 단상에 올라 백합조개의 입을 열려고 갖은 애를 썼으나 조개는 입을 열지 않았다. 아무리 조개의 입을 열려고 애를 써도 한번 굳게 다문 입은 좀처럼 열리지 않았다.

시간이 갈수록 진실을 밝혀야 한다는 목소리는 드높았다. 백합조개를 살살 달래기도 하고, 맛있는 과자를 건네기도 하고, 은근히 협박을 하기도 하면서 사람들은 조개의 입을 열기 위해 갖은 노력을 다했다.

그러나 백합조개는 입을 열지 않았다.

사람들은 점차 화를 내기 시작했다.

"이걸 그냥 송곳으로 푹 찔러버릴까."

"아니면 칼로 확 입을 찢어버릴까."

사람들은 점차 거칠어졌다. 그렇지만 그렇게는 할 수 없었다. 만일 칼이나 송곳으로 조개의 입을 억지로 열었다가는 진실이 훼손되거나 파괴될 염려가 있었다.

그래도 한 사람이 백합조개의 입에 칼을 들이대었다.

"입 열어! 안 열면 이 칼로 찔러버릴 거야!"

"나를 칼로 찌르면 진실도 칼에 찔려 상해(傷害)를 입을걸요."

조개가 그렇게 말하자 그 사람은 칼을 놓고 조용히 물러났다.

이번에는 또 한 사람이 구둣발을 높이 들고 "입 열어! 안 열면 이대로 확 밟아버릴 거야!" 하고 소리쳤다.

"네, 밟아보세요. 그러면 진실도 으깨져 죽을 텐데요. 그러면 당신들이 원하는 진실은 영원히 알 수가 없어요. 내 입은 그런 물리적 분노의 힘으로는 열리지 않아요."

이제 시간은 흘러 저녁 어둠이 깃들기 시작했다. 많은 사람들이 하루 종일 백합조개의 입을 열지 못하자 갑자기 대회장 안이 웅성거렸다.

"이건 사기다! 우리를 놀리는 짓이다!"

누군가가 자리에서 벌떡 일어나 주먹을 내지르며 소리쳤다.

"주최 측은 사과하라!"

"각성하라!"

"우리를 조롱 말라!"

"발로 팍, 조개를 밟아버려라!"

사람들은 사기당하고 조롱당한 게 몹시 분하다는 듯 얼굴이 시뻘게지도록 소리를 내질렀다.

분위기가 험악했다. 그대로 있다간 정말 다들 단상으로 올라가 조개를 밟아버릴 기세였다.

그때 주최 측 대회장이 마이크를 들고 소리쳤다.

"좋습니다. 마지막으로 한 분에게만 더 기회를 드리겠습니다. 누구든지 조개의 입을 열 수 있는 분은 지금 바로 단상으로 올라와주십시오. 이번이 마지막 기회입니다."

그때였다. 한 청년이 성큼 자리에서 일어났다. 그는 소금물이 든 조그마한 대접 하나를 들고 단상으로 올라왔다.

"여러분, 진실의 입은 결국 진실의 힘으로 열 수 있습니다.

211

보십시오!"

청년은 그렇게 소리치며 소금물이 든 대접 속에 백합조개를 집어넣었다. 그러자 얼마 있지 않아 조개는 스스로 입을 열었다. 거짓으로 허물어진 인간의 도시에서 인간이 원하는 진실이 그 얼굴을 드러내는 순간이었다.

"와!"

갑자기 환호성이 터졌다.

진실은 자기도 모르게 눈물이 핑 돌았다.

"백합아, 고마워!"

진실은 백합조개를 힘껏 부둥켜안았다.

"고맙긴. 너는 너 할 일을 한 거야. 바닷물의 진실이 소금이 듯이 인간의 진실은 바로 너야. 그 누구도 너를 대신할 수 없어. 이제 인간을 위해 진실을 꼭 밝히면서 살아가면 돼. 인간을 너무 무서워하지 마."

"그래, 꼭 그렇게 할게."

진실은 진실을 지키기 위해 어떠한 일이 있어도 이제는 인간의 도시를 떠나지 않겠다고 굳게 결심했다.

진실을 가장 소중하게 여기는 인간의 세상을 꿈꾸며…….

네모난 수박

네모난 수박을 보신 적 있으세요? 세상에 그런 수박은 없다고요? 수박이 축구공이나 농구공처럼 둥글지 네모난 게 어디 있느냐고요?

네, 맞는 말씀이에요. 세상에 네모난 수박이 어디 있겠어요. 그런데 실은 네모난 수박이 있답니다. 많은 이들이 네모난 수박이 있다는 걸 알지 못해서 그렇지 분명 네모난 수박이 존재한답니다.

증거를 대라고요? 하하, 내가 바로 네모난 수박인 걸요. 일 년에 보름 정도 선물용이나 관상용으로 판매되고 값도 일반 수박보다 몇 배로 비싸기 때문에 여러분들이 저를 사먹지 않아서 잘 모르실 뿐 마음만 먹으면 올 여름에도 네모난 수박을 얼마든지 사 드실 수 있답니다, 하하.

이렇게 호들갑스럽게 이야기하고 있는 나는 그동안 나 자신이 네모난 수박이라는 사실을 드러내길 퍽 꺼려왔다. 나 자신이 그리 자랑스러운 존재가 아니라고 여겨지기 때문이다. 처음에는 자랑스럽게 여겨져 으스대기도 했지만 시간이 지날수록 그리 자랑할 일은 아니라고 여겨졌다. 그것은 마치 여장(女裝) 남자가 되는 일과 흡사했다. 남성이라는 인간적 본질은 그대로이지만 그 외양은 여자의 차림새를 한 것과 같은 일이었다.

둥근 수박인 내가 네모난 수박으로 태어나리라고는 정말 꿈에도 생각하지 못했다. 나는 지금부터 약 20여 년 전, 일본 카가와(香川)현 작은 농촌 마을에 사는 야마시 타타카시라는 농부에 의해 태어났다. 그는 어떻게 하면 수박을 냉장고에 딱 맞게 넣을 수 있는 크기로 만들 수 있을까 하고 연구를 거듭했다. 그러다가 수많은 실패를 거듭한 끝에 그 마을 사람들만 생산할 수 있도록 2004년에 정식 특허를 받아 나를 생산하기 시작했다. 요즘도 한 해에 약 1천 개 정도 생산, 비싼 가격으로 도쿄와 오사카의 백화점을 중심으로 판매하고 있다.

요즘은 사과처럼 손에 들고 깎아 먹을 수 있는 애플 수박('미니 수박'이라고도 한다)도 나오지만 그 무렵엔 공처럼 둥근 수박밖에 없었다. 물론 길쭉한 타원형 수박도 있고, 호피(虎皮) 무늬가 없는 데다 보통 수박보다 크기가 두 배나 돼 임금님께 진상한 무등산수박도 있었지만 네모난 수박은 없었다.

나를 처음 본 사람들은 "와, 저럴 수가!" 하고 다들 눈이 휘둥그레졌다. '수박은 둥글다'라는 기존 개념이 한순간에 깨뜨려졌다. "있을 수 없는 일이다. 창조력이 뛰어나다!"라는 격찬 속에 NHK 등 일본 언론에 대대적으로 보도되었다.

바다 건너 한국의 수박 농가에도 그 소식이 전해졌다. 그렇지만 한국의 수박 농가에서는 선뜻 네모난 수박 농사를 짓겠다고 나서는 이가 없었다. 대부분 나에 대한 재배 기술을 모를 뿐만 아니라 아예 관심조차 없었다.

경북 봉화에서 수박 농사를 짓는 김영남 씨도 그런 분이었다. 한 해도 거르지 않고 노지(露地)에서 수박 농사를 지을 정도로 부지런한 분이었지만 네모난 수박이 개발되었다는 사실을 전혀 모르고 있었다. 그런데 그가 나를 알게 되고 한국 최초로 네모난 수박을 만들게 되는 한 계기가 있었다.

봄볕이 여름 볕처럼 제법 뜨거운 5월 초순 어느 날이었다.

대학을 졸업한 뒤 무슨 고시 공부를 한다고 어느 절에 가 있었던 그의 아들이 아예 짐을 싸들고 집으로 들어와버렸다.

"젊은 녀석이 한번 마음을 먹었으면 끝까지 파고들어야지 중도에서 포기하다니……."

김영남 씨는 아들의 행태가 몹시 마음에 들지 않았다.

"놀면 뭐하나. 공부하기 싫으면 날 좀 도와라."

그때가 수박씨가 모종으로 육묘돼 밭이랑에 막 심어질 무렵이었다.

수박도 벼처럼 육묘 과정을 거쳤다. 볍씨를 싹틔워서 모를 키우듯 수박씨도 물을 뿌린 뒤 보자기에 싸여 고온에 하루 이틀 두었다가 뿌리가 내리고 싹이 돋으면 그때 밭이랑에 옮겨 심었다.

"그렇지 않아도 도와드리려고 때맞춰 왔어요."

아들은 그날부터 당장 아버지를 도와 수박 모종 심기를 했다.

그는 내심 기회를 엿보아서 아버지하고 네모난 수박을 만들어볼 작정이었다. 평생 수박 농사를 지으며 힘들게 사는 아버지를 어떻게든 도와야 하겠다는 효심의 발로였다.

수박은 여름 한철 농사였다. 보통 5월 초순에 모종해서 7월 초순이 되면 수확하기 시작하기 때문에 노동 강도가 무척 높고 집약적이었다. 자칫 잘못 호박 키우듯 하다가는 모종 값도 나오지 않을 수 있었다. 수박은 넝쿨에서 열매가 열리기 때문에 생장점인 순을 따주어야 하는데 그런 순 치기를 할 때는 잠을 못 잘 정도로 신경을 바짝 써야 했다.

그러나 그렇게 애지중지 키운 수박을 시장에 팔러 나가면 속상할 때가 많았다. 사람들이 수박을 사러 와서는 당도를 미리 알아본다고 수박 한쪽에다 삼각형 형태로 칼집을 내 조금 맛을 보았다. 그런데 그렇게 맛을 보고는 당도가 조금이라도 입맛에 맞지 않으면 사지 않았다. 그러면 이미 칼집을 낸 그 수박은 상품 가치를 상실해 나중에는 버리는 수밖에 없었다. 또 수박을 사 가 집에서 먹다가도 맛이 없다고 바꿔달라고 할 때가 있었다. 그러면 바꿔줄 수밖에 없었다. 도로 가져온 먹다 남은 수박을 누가 먹을 수도 없고 그 또한 그냥 버릴 수밖에 없었다.

아들은 수박을 팔고 돌아올 때마다 마음이 몹시 상했다. 수박 농사를 아무리 열심히 지어도 가난을 벗어나기 어렵다는 생각이 들었다. 그러다가 일본에서 네모난 수박을 개발했다는 소식을 우연히 접하고 아버지를 설득해 네모난 수박 농사를 짓기로 마음을 먹었다.

'이젠 좀 달라져야 해. 일본에서는 네모난 수박이 나왔잖아. 아주 비싸게 팔잖아. 우리라고 못할 게 없어. 아버지한테 말씀을 드려야 해.'

아들은 어느 날 밭이랑에 앉아 새참으로 막걸리를 한잔 나누면서 아버지한테 속마음을 털어놓았다.

"아버지, 맨날 이렇게 똑같은 수박만 만들어서 어떻게 돈을 벌겠어요? 이제 혁신의 시대예요. 세상은 변하는데 수박도 변해야 돼요."

"수박이 수박이지 어떻게 변해? 허허, 이 녀석!"

아버지는 느닷없는 아들의 말에 헛웃음부터 먼저 지었다.

"아버지, 저는 아버지랑 힘을 합쳐서 새로운 수박을 만들고 싶어요."

"새로운 품종 말이냐? 새 품종이라면 요즘 당도 높은 개량종이 많아. 그런데 우리 집 수박은 달고 시원하다고 소문난 수박인데 당도가 약하단 말이냐?"

"아니에요. 그게 아니고요, 새로운 형태의 수박을 만들자는 거예요."

"새로운 형태라니? 도대체 무슨 말을 하는지 모르겠다. 이제 그만 이야기하고 일이나 하자."

아버지는 아들의 말을 더 이상 들으려 하지 않았다. 그러나 아들은 말이 나온 김에 아버지를 설득시켜야 한다고 생각했다.

"아버지도 씨 없는 수박을 만든 우장춘(禹長春) 박사님 잘 아시잖아요."

"그래, 알지. 내가 존경하는 분이지."

"그분이 '씨 없는 수박이 어떻게 있을 수 있나? 모든 과실에는 씨가 있기 마련이지.' 하고 생각했다면 오늘날 씨 없는 수박이 있을 수 있겠어요?"

"……."

"그러니 아버지도 둥근 수박만 생각하시지 말란 말이에요."

"아니, 수박이 둥글지 뭘 어쩌란 말이냐? 도대체 네가 무슨 말을 하는 거냐?"

"아버지, 제 생각에는요, '수박은 둥글다'를 '수박은 네모지다'로 생각해보면 어떨까요? 그러면 네모난 수박이 있을 수 있잖아요."

"뭐? 네모난 수박?"

"네, 네모난 수박!"

"아니, 대학까지 나온 녀석이 무슨 쓰잘데기없는 소릴 하냐? 이 세상에 그런 수박은 없다."

아버지는 단호하게 고개를 저었다.

"아버지, 이건 제 생각이 아니고요, 벌써 일본에서는 네모난 수박을 생산하고 있어요."

"뭐라고? 내 오래 살다 보니까 별소릴 다 듣겠네. 내가 수박 농사 지은 지 수십 년이다. 내가 수박 농사 지어서 너 대학 공부시켰다, 알겠나? 그러니 귀신 씨나락 까먹는 소리는 하지 마라."

"아니에요, 아버지. 이 사진을 한번 보세요. 네모난 수박 사진이에요."

아들은 오려서 늘 지니고 다니던 신문에 난 내 사진을 얼른 아버지에게 보여드렸다.

"아버지, 놀랍지 않으세요? 우장춘 박사가 씨 없는 수박을 만드셨듯이 아버지는 네모난 수박을 한번 만들어보세요."

아버지는 내 사진을 보고는 한동안 아무 말이 없었다. "허허, 그것 참." 하고 혀를 끌끌 차다가 아들의 손을 잡고 말했다.

"너는 하나는 알고 둘은 모른다. 씨 없는 수박은 우장춘 박사의 이론을 바탕으로 하긴 했지만 애초에 우장춘 박사가 만든 게 아니야. 기하라 히토시라는 일본인이 개발한 것을 한국에 재배해서 소개한 사람이 우장춘 박사야. 네가 뭘 잘못 아는 거야."

"그러니까 아버지, 아버지가 네모난 수박을 재배해서 소개해보시란 말이에요. 아버지가 우장춘 박사가 돼보시란 말이에요."

두 사람의 대화는 일단 여기서 끝이 났다. 일을 안 하고 계속 이야기만 하고 있을 수는 없었다.

시간은 금세 지나갔다. 두 해가 지날 때까지 나에 대해 아무 말이 없던 아버지가 하루는 아들을 불러 앉혔다. 아버지의 마음이 달라진 것이다.

"네 말이 옳다. 수박 농사를 지으면서 평생을 보냈는데 이왕이면 네모난 수박을 한번 만들어보는 것도 좋겠다."

아들은 뛸 듯이 기뻤다. 아버지가 결심을 하기까지 꿋꿋이 참고 기다려온 보람이 있다 싶어 한동안 잠을 이루지 못했다.

"아버지, 둥근 수박은 냉장고에 저장하기가 어려워요. 운반도 어려워요. 굴러 떨어지지 않도록 조심조심 트럭에 싣고 가서 시장바닥에 하나씩 늘어놓아야 해요. 무더기로 쌓아놓기가 힘들어요. 그런데 네모난 수박은 그렇지 않아요. 냉장고 밑 칸 넓은 데에 들어갈 수 있어요. 차곡차곡 보기 좋게 쌓아놓을 수도 있어요. 무엇보다도 희귀성이 있어서 비싼 값에 팔 수 있어요. 일본에서는 네모진 수박 한 덩이에 우리 돈으로 20만 원, 30만 원 한대요."

"그래, 네 말 잘 알겠다. 그런데 그게 어디 쉽겠나? 일단 일본에서 어떻게 만들었는지 그것부터 알아보자."

"네, 아버지, 제가 알아볼게요. 일본에서도 했는데, 우리가 왜 못하겠어요."

그들은 곧 머리를 맞대고 내가 일본에서 어떻게 어떤 과정을 거쳐서 태어났는지 그 전문적인 재배 기술 정보를 얻으려고 노력했다. 그러나 그걸 쉽게 얻기는 어려웠다.

그래도 그들은 포기하지 않았다. 열심히 일반 수박 농사를 지으면서 한편으로는 나를 만들기에 온힘을 기울였다.

나를 만드는 데 있어서 가장 중요한 핵심 기술은 생장의 어느 시점에 인위적으로 내 형태를 바꾸는 것이었다. 나는 다른 과일에 비해 크기가 크기 때문에 비교적 형태를 변형시키기 쉬운 장점이 있었다. 그리고 내 형태를 변형시키기 위해서는 강압적으로 물리적 힘을 가하는 어떤 외부적 장치를 해야 했다.

"우리도 아크릴판으로 네모진 틀을 씌우자."

"네, 아버지, 일단 그렇게 해보는 게 좋겠어요."

그들은 수박꽃이 지고 내가 탁구공만 하게 맺히기 시작하자 미리 만들어놓은 아크릴판 외양 모형을 나한테 씌웠다.

처음에는 무척 답답했다. 그렇지만 곧 답답함에서 벗어나 힘차게 자라나기 시작했다. 어느 시점에 아크릴판 틀이 벽처럼 나를 가로막았으나 내가 힘껏 밀어내 부서뜨리고 말았다.

"내가 너무 쉽게 생각했다. 수박의 생장력(生長力)이 1톤이나 된다는구나."

"저도 생장력이 그렇게 강한 줄 몰랐어요."

그들은 머리를 맞대고 실패의 원인을 찾아 나섰다.

"아크릴판 두께가 너무 얇았어. 이번엔 좀 더 두께를 높인 특수 아크릴판을 제작해보자. 강화유리보다 아크릴판이 광선 투과율이 더 높으니까 강화유리로 만들 필요는 없을 거야."

그러나 이번에도 나는 점점 자라면서 아크릴판을 깨뜨리고 말았다.

그래도 그들은 실망하지 않았다. 실패 없는 성공은 없다고 생각했다.

"실패할 때마다 성공에 한 걸음 더 다가간 거다. 아들아, 너무 실망하지 말아라."

"그럼요, 아버지. 실패가 성공이에요. 실패할 때마다 오히려 더 좋아해야 해요."

그들은 서로 용기를 북돋아주면서 이번에는 아크릴 모형틀 사각 모서리에 철제 빔을 설치했다. 수박의 생장력을 견딜 수 있을 정도로 아크릴판의 강도를 높이는 방법을 연구해 낸 것이다.

나는 은근히 걱정이 되었다. 이번에는 그들이 실패할 것 같지 않았다. 모서리에 장착된 철제 빔의 강력한 힘이 아크릴판의 강도를 보다 강하게 높여줄 것이라고 여겨졌다.

내 생각은 틀리지 않았다. 철제 빔의 힘은 내가 생각한 것보다 훨씬 더 강했다. 내가 아무리 아크릴판 틀을 깨뜨리려고 해도 이번에는 깨뜨릴 수가 없었다. 아크릴판 틀이 깨뜨려지기는커녕 내 몸이 점점 네모 형태로 변형되기 시작했다.

나는 너무나 고통스러웠다. 맑은 공기와 햇빛과 수분은 그대로 공급받을 수 있었으나 어느 순간 일정 크기가 지나면서부터는 아크릴판 틀의 네모난 형태로 점점 나를 변형시켜야만 했다.

참으로 참담한 일이었다. 본디 모습인 둥근 형태를 유지하기 위해 있는 힘을 다했으나 역부족이었다.

'아, 어떡하나. 내가 이렇게 점점 사각의 형태가 되다니!'

나는 결국 네모진 아크릴판 틀 모양대로 원형에서 사각으로 형태가 변형돼버렸다.

"아버지, 성공했어요. 빨리 나와 보세요. 네모진 수박이 만들어졌어요!"

아침 일찍 밭으로 나온 아들이 춤을 추듯이 아버지한테 뛰어가면서 소리쳤다.

"와! 정말 네모진 수박이 탄생했구나. 아, 이렇게 만드는 데에 5년이 걸렸구나. 그동안 수고했다. 이게 다 너의 노력 덕분이다."

"아니에요, 아버지. 아버지가 만드신 거예요. 아버지는 네모난 수박의 우장춘 박사예요."

아들이 아버지를 덥석 끌어안았다.

나는 그들 부자(父子)를 바라보며 웃어야 할지 울어야 할지 알 수 없었다.

그들은 '수박은 둥글다'라는 기본 개념을 파괴시켜버렸다. 물론 유전인자가 변형돼 네모난 수박이 된 것은 아니었다. 네모난 인공의 틀 속에서 억지로 자라게 해 단순히 외형만 변경

226

시킨 거였다. '둥글다'는 내면의 본질은 그대로이기 때문에 아크릴판 틀만 씌우지 않으면 언제든지 내 본연의 둥근 수박으로 돌아갈 수 있었다.

그래도 네모난 나 자신의 기형적 모습에 갑자기 슬픔이 북받쳐 올랐다.

'둥글지 않으면 수박이 아니야. 둥글어야 수박이야!'

나는 나도 모르게 눈물을 흘리며 조용히 소리쳤다.

그런 나의 마음과 달리 밭에서 같이 자란 둥근 수박들은 나를 무척 부러워했다.

"어머, 너 멋있다. 어쩜 이렇게 네모반듯하니."

"넌 사람들한테 사랑받겠어. 둥근 우리보다 썰어먹기도 참 좋겠다."

"우리는 굴러가다가 돌에 부딪쳐 깨지기도 하는데 넌 그럴 염려가 없잖아."

"넌 정말 비쌀 거야. 귀하신 몸이야."

둥근 수박들이 부러운 눈길로 그런 말을 하자 나는 한때 나 자신이 은근이 자랑스럽게 여겨지기도 했다.

그들은 해마다 평균 6킬로그램 정도 되는 무게로 나를 만들었다. 여전히 인위적인 힘으로 내 외형을 네모나게 계속 변형시켜나갔다.

나는 이제 둥근 수박이 아니라 원래부터 네모난 수박이었던 것처럼 느껴졌다. 단 한 번도 둥근 수박인 적이 없었다고 여겨졌다.

인간에게도 운명이 있듯이 내가 네모난 수박으로 계속 태어나는 것은 나의 운명일 수밖에 없었다. 그래도 나는 비록 겉모양은 네모졌으나 수박으로서의 본질적인 맛과 향은 그대로 지니고 있었다. 수박이라는 나의 본질은 변하지 않는다는 것, 그것이야말로 내가 지녀야 할 가장 중요한 가치였다.

"아버지, 수박이 네모져도 맛은 똑같아요."

하루는 아들이 나를 먹다가 새삼스럽게 나를 맛있다고 말했다.

"그래, 그 점이 중요한 거야. 수박 맛이 변하면 그때는 수박이 아니지. 형태가 네모로 바뀌었다고 해서 멜론 맛이 난다면 그건 수박이 아니지."

"네, 아버지 말씀이 맞아요. 아무리 겉모양이 변한 수박이라도 먹었을 때 멜론 맛이 나면 그건 멜론일 뿐이에요."

"사람도 마찬가지야. 요즘 사람들은 내면보다 외형을 중시해. 지나칠 정도로 외모 지상주의에 집착해. 예전엔 둥근 수박

같은 자연적 형태의 삶을 살았다면 지금은 네모난 수박 같은 외형을 중시하는 인위적 형태의 삶을 산다고 할 수 있어. 그렇지만 아무리 그렇더라도 네모난 수박이 수박으로서의 본질을 잃지 않듯이 인간도 인간으로서의 본질을 잃지 않아야 해."

"네, 아버지 말씀 명심하겠습니다."

나는 그들 부자의 대화를 엿듣고 마음속 깊이 느껴지는 바가 있었다. 내 비록 네모난 수박에 불과하지만 인공지능 시대를 사는 오늘의 사람들에게 이런 말을 하고 싶었다.

"내가 네모난 수박이지만 수박으로서의 맛과 향기만은 잃지 않듯이, 여러분들도 인간으로서의 본질과 가치만은 결코 잃지 마세요."

흰이마기러기

내 형제들도 그렇지만 나 또한 흰이마기러기라는 이름에 늘 자부심을 느낀다. 기러기들은 쇠기러기, 흰기러기, 회색기러기, 흑기러기 등 여러 종류의 이름을 지니고 있지만, 이들 이름 중에서 내 이름이 가장 아름답고 눈부시다고 여기는 것은 나만의 긍지이자 자랑이다.

흰이마기러기! 이 얼마나 아름답고 이지적인 이름인가. 이름만 들어도 고요히 참선의 자세를 하고 삶을 성찰하는 깊은 명상의 세계로 빠져드시지 않는가.

이름 그대로 나의 이마는 언제나 희고 맑게 빛난다. 아침에 해가 뜨면 햇살은 내 이마를 더욱 희고 눈부시게 해준다. 그럴 때마다 나는 두 눈을 감고 깊은 명상에 잠긴다.

나는 누구인가. 내 삶의 가치는 무엇인가. 나는 지금까지 무엇을 가장 소중하게 생각하며 살아왔는가. 나는 왜 해마다 따뜻한 남쪽을 향해 멀고 먼 여행을 하지 않으면 안 되는가.

이런 명상의 세계로 빠져들면 삶을 사랑하는 의지의 열기가 가슴 가득 차오른다. 그 열기는 추운 북녘 지방을 떠나 따뜻한 남쪽 나라를 찾아 먼 여행길을 떠날 수 있는 용기를 늘 선물해준다.

나는 지금 흰 이마를 앞세우고 떨리는 가슴으로 유라시아 북녘 대륙을 떠난 지 벌써 달포가 지났다.

"엄마, 우리가 꼭 여행을 떠나야 돼요? 나는 이대로 여기 있고 싶어요."

이 길고 먼 여행을 떠나고 싶은 새끼 기러기들은 없었다.

"아니다. 떠나야 된다. 여기 있으면 모든 게 다 얼어붙어 먹이를 찾을 수 없게 된다. 우리도 혹한에 얼어 죽을지 모른다. 그러니 남쪽으로 가야 한다."

나는 먼 남쪽 나라로 떠나는 일이 너무 힘들어 행여 굶어 죽는 일이 있더라도 그대로 북녘 대륙에 남아 있고 싶었다.

"우리는 여행을 하기 때문에 아름다운 새란다."

엄마의 이 말씀이 아니었다면 어쩌면 여행을 떠나지 않았을지도 모른다.

"그리고 여행이란 참으로 신비로운 것이란다."

우리 형제들을 일일이 안아주면서 하신 엄마의 이 말씀 또한 내게 큰 용기를 주었다.

나는 지금 엄마의 말씀을 한 순간도 잊지 않고 남쪽 하늘을 향해 힘껏 날고 있다.

우리 가족이 일제히 편대를 이루며 푸른 하늘을 향해 여행을 시작했을 때 처음 며칠 동안은 다들 가슴이 벅차올랐다. 여행을 떠나기 어려웠지 막상 떠나고 나자 세상은 새로움으로 가득 찼다. 하늘과 바람, 바다와 노을, 산과 들, 꽃과 나무 등 무엇 하나 새롭지 않는 게 없었다. 아름다움이란 늘 새로워지기 때문에 아름다운 것이었다.

형도 동생도 사촌 누나도 모두 마음속에 미소를 머금고 힘껏 하늘을 날았다. 배가 고파도 고픈 줄을 몰랐으며 지쳐도 지친 줄을 몰랐다.

그러나 차차 시간이 지나자 하루하루 하늘을 날며 여행하는 일이 보통 힘든 일이 아니었다. 우리는 우리 자신들도 모르게 다들 지쳐갔다.

"아름다워지는 일에는 누구나 고통이 따른단다."

엄마는 지쳐 힘들어 할 때마다 우리를 독려했다.

"참고 견디지 못하면 흰이마기러기가 아니란다."

엄마의 이러한 말씀은 지친 내 날개에 힘을 주었다. 아름다 워지는 일이야말로 가장 견디기 힘든 일이었지만 그 일을 결 코 포기하고 싶지는 않았다.

그러나 나와 달리 동생은 무척 힘들어 했다.

"형, 나는 더 이상 날기 힘들어. 이대로 어딘가 내려앉아 쉬 고 싶어."

동생이 그런 말을 할 때마다 나는 가슴이 철렁 내려앉았다.

"좀 참아. 우리도 가끔 내려앉아 쉬지 않니."

"나는 이대로 계속 쉬고 싶어."

"참고 견딜 줄 알아야 진정한 기러기가 될 수 있다고 엄마가 말씀하셨어. 견딜 줄 모르면 우리가 아름다워질 수가 없대."

나는 엄마의 말씀을 상기시키며 동생을 이끌고 격려하는 데 에 마음을 아끼지 않았다.

그러나 동생은 날이 갈수록 더욱더 힘들어 하기만 했다.

"엄마, 이대로 여기에 내려앉으면 안 돼? 꼭 남쪽으로 가야 돼?"

동생은 견디다 못해 엄마한테 직접 하소연을 하기 시작했다.

엄마는 단호했다.

"힘들어도 가야 한다. 먹이를 찾아서 날아야 한다. 먹이를 찾아야 우리가 살 수 있고, 우리가 살아야 아름다워질 수 있다. 그러니 아무리 힘들어도 날아가야 한다. 날아가는 자만이 아름다워질 수 있다. 먹이는 따뜻한 남쪽에 있다."

동생은 엄마의 단호한 어조에 다시 힘을 내 열심히 날기 시작했다. 그러나 얼마 가지 않아서 질서정연한 대오에서 차차 뒤처지기 시작하더니 그만 대오를 이탈하고 말았다.

나는 급히 동생을 향하여 날았다. 여행을 시작하기 전 엄마가 하신 말씀 때문이었다.

"우리 일행 중 하나가 대오를 이탈하는 비상사태가 발생할 경우, 절대 홀로 외롭게 추락하지 않도록 해야 한다. 반드시 두 마리 이상이 그 뒤를 따라가 불행을 당한 형제를 혼신의 힘을 다해 돌보아야 한다. 최악의 경우엔 형제를 구하기 위해 자기 목숨까지 버릴 수 있어야 한다. 어떠한 경우라도 형제가 완전히 회복될 수 있을 때까지 돌보아주어야 하며, 회복하지 못할 경우엔 끝까지 죽을 때까지 지켜준 다음에 다음 편대에 합류

해야 한다. 절대 홀로 죽어가도록 내버려 두어서는 안 된다. 너희들은 이 말을 꼭 명심하도록 해라."

내가 엄마의 이 말씀을 떠올리며 동생에게 급히 날아가는 동안, 엄마는 편대를 이끌고 점점 내 시야에서 멀어져갔다.

"동생하고 같이 꼭 한국 땅으로 오너라."

다급하게 소리치던 엄마의 목소리도 이제는 들리지 않았다.

"힘내! 우리는 더 멀리 날아야 해."

내가 이렇게 소리쳐도 동생은 더 이상 힘을 내지 못했다.

"형, 돌아가. 난 그만 포기할 테야."

"아니야. 포기해서는 안 돼. 힘을 내!"

내 뒤를 따라온 큰형도 동생에게 소리쳤다.

그러나 동생은 한 장 낙엽처럼 천천히 추락하기 시작했다. 형과 나는 동생을 받쳐 안고 함께 땅 위로 조용히 내려앉았다.

우리는 몇 날 며칠 밤을 쉬면서 동생의 몸을 따스하게 감싸주었다. 이것저것 물과 먹이를 구해 동생에게 먹이기를 게을리하지 않았다.

다행히 동생은 원기를 회복하기 시작했다. 동생 덕분에 지친 큰형과 나도 다시 힘을 얻게 되었다.

"형, 고마워. 이제 엄마한테로 날아가자. 이제 이런 일은 없을 거야."

우리는 곧 다시 남쪽 하늘을 향해 날기 시작했다.

얼마를 날았을까?

편대를 이끌고 나는 엄마의 모습이 보였다. 그리고 곧 눈 아래로 아름다운 산과 들이 펼쳐졌다. 산과 들은 우리가 날아감으로써 더욱 아름다웠다. 우리가 편대를 이루고 날아가는 하늘을 바라보는 사람들 또한 아름다웠다. 세상은 우리가 하늘을 날아감으로써 아름다워지는 것이었다.

나는 비로소 내가 왜 그런 긴 여정을 견디고 남쪽으로 날아와야 하는지 알 수 있었다. 그것은 나 자신이 아름다워지기 위한 것이 아니라 이 세상을 아름답게 하기 위한 것이었다. 이 세상이 아름다워지면 곧 나 자신이 아름다워지는 것이었다.

오늘은 검푸른 밤하늘에 보름달이 떴다. 보름달을 비켜가며 밤하늘을 나는 나 자신이 참으로 아름답다. 일찍이 내가 이렇게 아름다운 존재인 줄은 미처 알지 못했다.

여러분! 지금 고개를 들어 밤하늘을 한번 바라보세요. 밝은 보름달 사이로 기러기 떼가 날아갈 것입니다. 그 속에서 흰이마기러기를 한번 찾아보세요. 나는 한국의 가을 하늘을 사랑합니다.

낙산사 동종

　이 이야기는 나의 죄업에 관한 이야기다. 누구나 죄를 짓지 않고 사는 이는 없겠으나 나로서는 죄업의 대가가 너무나 혹독해 지금은 하루하루 참회의 나날을 보내고 있다. 따라서 이 글은 낙산사(洛山寺) 동종(銅鐘)으로서 살아온 나의 참회록이라고 할 수 있다.

　원래 나는 낙산사의 가장 큰 자랑거리였다. 낙산사에 내가 없다면 그것은 낙산사의 존재 가치가 훼손되는 일이었다. 낙산사 하면 누구나 범종각에 있는 나를 떠올리고 나를 떠올리면 누구나 낙산사를 떠올렸다. 그만큼 나는 낙산사의 귀중한 보물이었다.

동해에 눈부시게 해가 뜰 때, 그리고 찬란하게 해가 질 때 나를 타종하면 내 종소리는 낙산사를 극락의 세계로 인도하는 느낌을 주었다. 따라서 내 종소리가 동해로 울려 퍼질 때 낙산사 경내를 거니는 사람들은 누구나 극락을 거니는 것과 같은 느낌을 받았다.

그래서 사람들은 평생에 단 한 번이라도 내 종소리를 직접 듣기를 소원했다. 내 종소리를 듣기 위해 전국 곳곳에서 먼 길마다 않고 찾아오는 이들이 한둘이 아니었다.

또 나를 직접 타종해보기를 원하는 이들도 많았다. 예전에는 간혹 불심이 지극한 이들에게 직접 나를 타종할 수 있는 기회를 제공해주었는데 일 년 열두 달 타종 신청이 끊이지 않았다. 인내심을 가지고 몇 달씩 사하촌(寺下村)에서 숙박을 하며 차례를 기다리는 사람도 있었다.

직접 나를 타종하는 사람들은 종을 칠 때마다 꼭 자신의 염원을 종소리에 실었다. 그들의 염원은 종소리에 실려 멀리 동해의 수평선 위로 퍼져나갔다. 검푸른 동해에는 수많은 사람들의 염원이 수평선 너머로 하나의 섬을 이루었다.

그들의 염원은 다양했다. 어떤 이는 자식 갖기를, 어떤 이들은 고질병이 낫기를, 또 어떤 이들은 재물을 많이 얻어 부자 되기를 염원했다.

원래 내가 이 세상에 종소리로 울려 퍼지는 것은 어둠을 밝혀 지옥에서 고통 받는 중생을 구제하기 위함이었다. 나를 한 번 칠 때마다 무진(無盡) 번뇌로부터 벗어나 복덕(福德)을 쌓고 부처의 마음을 이루라는 뜻도 숨어 있었다. 그리하여 살아서는 소원대로 뜻을 이루고, 사후에는 부디 극락 영생하라고 나는 새벽 종소리로 또 저녁 종소리로 멀리 멀리 울려 퍼졌다.

나는 남을 해치는 부정적인 염원이 아니라면 그들의 염원을 대부분 다 들어주었다. 지금 당장은 아니더라도 살아가는 동안 자신도 모르는 사이에 염원한 바가 차차 이루어지도록 도와주었다. 가뭄이 들어 비가 오기를 염원하면 비가 오게 해주었으며, 전염병이 돌아 중생들이 죽어나가면 전염병을 하루속히 종식시켜주었다.

이렇게 내 종소리는 인간이 염원하는 바를 이루어주는 힘이 있었다. 그것은 나 자신에 의한 것이 아니고 어디까지나 낙산사 중심 전각인 원통보전(圓通寶殿)에 계신 관세음보살님의 은덕 덕분이었다.

사람들은 관세음보살님께서 나를 통해 그 은덕을 전해주신다고 여겼다. 그리하여 나를 더욱 정성껏 타종함으로써 자신의 염원이 이루어지기를 갈망했다.

그런 가운데 수많은 세월이 흘러갔다. 세월은 역사를 바꾸고 시대를 변화시켰다. 시대는 조선 전기 시대에서 후기 시대로 넘어왔다.

나는 세월이 물처럼 흐르는 가운데서도 종소리를 울리는 사명을 조금도 게을리하지 않았다. 낙산사를 찾는 수많은 사람들도 나를 귀히 여기는 마음에는 변화가 없었다. 나는 언제나 낙산사에서 가장 으뜸가는 존중의 대상이었다.

나는 그런 내가 늘 자랑스러웠다. 이 세상에 낙산사 동종으로 태어났다는 사실에 대해 늘 긍지와 자랑으로 가득 찼다.

그런 가운데 나는 점차 겸양의 덕을 잃고 자만심이 커져갔다. 범종각에 나와 함께 있는 법고나 목어나 운판은 물론 원통보전에 계신 관세음보살님보다 내가 더 중요한 존재라고 여기는 그런 어처구니없는 망상에 빠질 때도 있었다.

한번 그런 망상에 빠지면 좀처럼 헤어나기 어려웠다. 심지어 내가 낙산사를 위해 존재하는 게 아니고, 낙산사가 나를 위해 존재하는 것으로 여겨지기도 했다. 낙산사 스님들 또한 관세음보살님을 먼저 섬기는 게 아니라 나를 먼저 섬긴다고도 생각했다.

'그러니까 먼동이 트는 새벽 일찍 일어나 나를 먼저 찾아뵙고 타종하는 거야. 나를 타종해야만 흑암과 미몽의 세상을 일깨울 수 있는 거야.'

나는 수평선 위로 떠오르는 동해의 아침 해가 내 종소리를 듣고 비로소 일출을 감행하는 것이라고도 생각했다. 나아가 동해의 아침 해가 눈부시게 떠올라 온 세상을 그토록 찬란하게 비추는 것도 바로 나를 위해서 비추는 것이라고도 생각했다.

세월은 또 흘렀다. 세월이 또 흐르는 동안에도 나의 그런 망상은 깊어졌으면 더 깊어졌지 사라지지 않았다.

때는 일본 제국이 조선을 합방한 이후인 1925년이었다. 낙산사 스님들은 나라를 잃은 백성들에게 어떻게 하면 나라를 되찾을 수 있는 희망과 용기를 줄 수 있을까 하고 고심에 고심을 거듭했다.

한번은 스님들이 모여 호국연합회의를 열었다.

"빼앗긴 나라를 되찾기 위해서는 무엇보다 희망이 필요합니다. 어떻게 하면 좋을까요? 서산대사가 그러했듯이 의병을 일으키는 구국의 마음이 절실합니다."

"그렇습니다. 그런 마음만이 나라를 되찾을 수 있습니다. 우리만이 할 수 있는 무슨 좋은 방안이 없을까요?"

"나라를 되찾고 싶은 심정으로 낙산사 동종을 누구든지 와서 칠 수 있게 합시다."

"그것도 좋은 방안 중 하나입니다만, 의상대(義湘臺)를 지으면 어떨까요?"

"아, 그것도 좋은 방안이오. 신라 문무왕 11년에 의상대사가 낙산사를 창건할 때 좌선 수행한 자리, 그 절벽 끝에 지으면 좋겠습니다. 의상대사를 기념하는 일도 되고요."

"나도 찬성입니다. 의상대에서 한없이 펼쳐진 동해를 바라보면 나라 잃은 백성의 설움이 분명 희망으로 변화될 것입니다."

스님들의 마음이 한데 모여 그해에 의상대가 지어졌다. 의상대는 절벽 끝에 지어진 자그마한 정자였다. 그러나 그 자리에 서면 망망대해 동해가 한눈에 펼쳐져 장관이었다. 수평선에서부터 끝없이 밀물져 오는 파도를 바라보면 나라 잃은 백성의 모든 설움과 분노가 다 씻겨 내려가는 듯했다. 그리하여 그 파도는 희망의 파도였으며, 그 파도 소리는 나라를 되찾고자 하는 간절한 염원의 소리였다. 의상대에서 바라보는 장엄한 일출 광경 또한 나라 잃은 백성의 희망의 일출이자 빛이었다.

나는 스님들이 의상대를 짓는 일에 대해 반대하지 않았다. 오히려 찬성하는 마음이 더 컸다. 나라 잃은 백성들이 호국의 염원으로 나를 타종하는 일이 많아 그 무렵 나는 무척 고단한 삶을 살고 있었다.

사실 내가 종소리를 내기 위해서는 누군가가 나를 소나무로 만든 나무봉인 종메로 힘껏 때려주지 않으면 안 된다. 나 스스로 가만히 있다가 흥에 겹거나 바람에 흔들려 종소리를 내는 법은 없다. 반드시 누군가가 나를 종메로 타종해줘야 한다.

누가 나를 타종하면 실은 나는 무척 아프다. 갑자기 전신에 통증이 번개처럼 번지고 정신이 아득해진다. 타종 횟수가 거듭될수록 온몸이 으깨지는 고통에 휩싸인다. 그렇지만 나는 그 고통을 참고 견뎌내지 않으면 안 된다. 종이 종소리를 내지 못하면 종으로서의 아무런 존재 가치가 없기 때문이다. 종소리를 내지 못하는 종은 이미 하나의 쇳덩어리에 불과할 뿐이다.

그래서 나는 어떠한 고통이라도 수백 년 동안 참고 견뎌왔다. 어떤 때는 너무 고통스러워 이제 더 이상 나를 타종하지 않고 그대로 가만히 두었으면 하고 간절히 바랄 때도 있었다.

한번은 견디다 못해 주지 스님에게 안식년을 허락해달라고 말씀드린 적이 있었으나 스님께서는 내 말을 들어주지 않았다.

"스님, 제가 요즘 너무 힘듭니다. 한 일 년쯤 쉬게 해주세요. 내 몸에 바람만 스쳐도 자지러질듯이 쓰라리고 아픕니다."

"그래? 아프다고?"

스님은 내 몸 곳곳을 눈으로 살펴보다가 나중에는 손으로 이리저리 쓰다듬어보았다. 아마 내 몸 어디에 균열 간 곳이 있나 싶어 살펴보는 듯했다.

"괜찮은데 그래? 나는 금 간 데가 있나 싶어 걱정을 했지."

"금은 가지 않았지만 온몸이 다 아픕니다. 제가 종소리를 울린 지 500년이 다 돼갑니다. 그러니 제가 얼마나 아프겠습니까."

나는 주지 스님이 내 청을 들어주시길 간절히 바랐다. 그러나 주지 스님은 떡두꺼비 같은 손으로 나를 한번 쓰다듬어주시기만 할 뿐이었다.

"인내해야 한다. 참고 견딜 수 있어야 한다. 너뿐만 아니라 누구의 삶이든 삶은 참고 견디는 것이다. 삶의 가장 중요한 덕목 중의 하나가 바로 인내다."

"제가 지금 참을 수 없어서 드리는 말씀입니다."

"그래도 참아야 한다. 너의 인내의 종소리를 듣고 중생들이 삶의 고통을 견디는 것이다. 그러니 단 하루인들 종소리를 내지 않을 수 있겠느냐. 참고 또 참고, 견디고 또 견디거라."

"그래도 스님, 안식년이라는 게 있지 않습니까. 스님들께서도 여름이면 하안거, 겨울이면 동안거를 하시지 않습니까."

"어허, 말이 많다. 종이 종소리를 내지 못하면 종이 아니다!"

주지 스님은 더 이상 말을 꺼내지 못하게 했다.

그러나 그동안 나는 너무 많이 타종돼왔기 때문에 이제는 종메가 나를 조금만 때려도 그 아픔이 배가 되었다. 예전에는 내가 타종될 때마다 더 힘껏 더 맑게 더 멀리 울려 퍼지려고 노력했으나 이제는 그렇지 않았다. 어떻게 하면 내가 조금이라도 덜 아플 수 있을까 하고 생각하게 되었다.

의상대는 그런 나의 아픔을 덜어주는 고마운 존재였다. 많은 사람들이 의상대에서 동해를 바라보며 나라 잃은 백성으로서의 슬픔을 달래고 희망을 발견할 수 있다는 것은 나로서는 참으로 다행한 일이었다.

그러나 그런 나의 생각과는 달리 의상대에서 나를 자꾸 화나게 하는 일이 발생되었다.

그것은 의상대 소나무 때문이었다. 의상대를 지을 때 절벽 끝에 있는 소나무 세 그루를 자르지 않고 그대로 두었다. 그중에서 가장 키가 크고 잘생긴 소나무가 있었다. 동해를 향해 꼿꼿하게 쭉 뻗어나간 그의 몸매는 가히 아름다움의 극치라고 할 수 있었다.

의상대는 그 소나무에 의해 한결 더 돋보이고 아름다웠다. 나도 종소리를 따라가 멀리서 바라보면 그 소나무가 있음으로써 의상대가 더욱더 아름답게 여겨졌다. 그래서 소나무가 있는 의상대의 아름다운 풍경을 가슴 깊이 담아오기도 했다.

그런데 어느 날부터 그 소나무가 자신의 아름다움을 한껏 뽐내기 시작했다. 의상대를 찾는 수많은 사람들이 그 소나무를 칭송하기 시작하자 소나무도 덩달아 한껏 으스대기 시작했다.

"저 소나무가 있기 때문에 의상대가 아름다운 거야. 소나무가 없으면 의상대는 아름답지 않아. 하나의 정자에 불과해."

"물론이지. 의상대가 동해의 절벽 끝에 있기 때문에 아름답기도 하지만 저 소나무가 있기 때문에 더 아름다운 거야."

사람들은 저마다 소나무를 칭찬하고 칭송했다. 사진을 찍어도 반드시 소나무를 배경으로 의상대 사진을 찍었다.

그러자 소나무는 자신이 무슨 대단한 존재라도 된 듯 더욱 으스대며 오만한 자세를 취했다.

나는 그 꼴을 그냥 그대로 보고만 있을 수가 없었다.

물론 사람들의 말이 틀린 것은 아니었다. 그 소나무가 의상대를 한껏 더 돋보이게 하고 아름답게 하는 것은 사실이었다. 그렇지만 낙산사를 수백 년 동안 지켜온 지킴이로서 점잖게 충고해줄 필요가 있었다.

"소나무야, 너 좀 겸손해져라. 네가 있어서 의상대가 아름다운 게 아니라, 의상대가 있기 때문에 네가 아름다운 거다."

"네, 나도 알고 있어요. 굳이 그런 말씀 안 하셔도 돼요."

소나무는 처음엔 내 말을 받아들이는 다소곳한 태도를 취했다.

그러나 그런 태도는 오래가지 않았다. 사람들이 소나무를 칭송하고 귀하게 여기면 여길수록 소나무는 한껏 더 자신을 뽐낼 뿐이었다.

"네가 서 있는 자리가 바로 의상대사가 좌선 수행한 자리야. 그런 자리에 있으면 좀 겸손할 줄 알고 감사할 줄 알아야지. 네가 누구 때문에 오늘 그렇게 소중하게 존재하는지 깨달을 줄 알아야지……."

내가 그런 말을 하면 소나무는 이제 거칠게 대들었다.

"당신이 뭔데 왜 쓸데없는 잔소리를 하고 그래?"

"뭐라고? 잔소리라고? 네가 감히 나한테 그런 말을 하다니!"

"왜? 내가 못할 말을 했어? 당신이 뭔데 나한테 이래라저래라 하는 거야? 나는 당신 종소리가 시끄러워 죽겠어. 귀가 다 아파. 저 동해의 물고기들도 종소리 때문에 잠도 못 자고 시끄러워 죽겠대. 물고기뿐이야? 낙산사 오봉산 나무도 풀도 모두 당신 때문에 시끄러워 못살겠다는 거야. 그러니 당신이 가만히 좀 있으면 안 돼?"

"너 정말 갈수록 태산이구나."

"이 낙산사에서 당신이나 나나 존재 가치는 똑같아. 당신은 내 상전이 아니야."

소나무는 좀처럼 물러서지 않았다. 오히려 나보다 더 화를 내었다.

나도 갈수록 화가 나서 참을 수가 없었다.

"나는 예조 때 태어났어. 아버지 선조를 위해 예조가 만들어서 낙산사에 시주하신 귀한 존재야. 왕명에 의해 태어난 존재란 말이야. 벌써 500년이 다 돼가."

"그래서? 그게 자랑이야?"

"나는 그동안 낙산사에서 수행하다가 입적하신 스님들 수백 명을 지켜봤어. 그런데 너는 의상대와 함께한 지 이제 몇 해가 되었니? 이 애송이 같으니라고! 이 낙산사에서는 내가 가장 오래되었어. 나는 낙산사의 산 역사야. 나를 빼고는 낙산사를 이야기할 수가 없어. 그러니까 아침에 눈 뜨면 나한테 먼저 인사를 해야 돼. 알았지?"

소나무는 내 말을 듣지 않았다. 말을 듣는 것은 고사하고 내 속을 뒤집어놓는 말만 골라서 했다.

"내가 언젠가는 종메가 되어 너를 마음껏 때려줄 거야. 그러면 넌 무척 아프겠지? 때리지 말아달라고 나한테 싹싹 빌겠지?"

나는 소나무의 말에 약이 오를 대로 올랐다. 내 일찍이 누구를 미워해본 적이 없었는데 그가 미웠다. 속이 뒤집어지는 것 같았다. 어떻게 하면 저 소나무의 건방진 태도를 꺾을 수 있을까 하고 고심을 거듭했으나 아무런 방법이 없었다. 그저 화가 가득 찬 분노의 종소리를 낼 뿐이었다.

"아니, 오늘 종소리가 왜 이렇지? 내가 화를 품고 치는 것도 아닌데 왜 이렇지?"

250

한번은 스님께서 타종하다가 뜨악한 눈길로 나를 쳐다보았다.

"스님, 죄송해요. 제가 그만 화가 나서 그렇습니다. 저 의상대 소나무 때문이에요. 소나무가 미워 죽겠어요."

"허허, 소나무가 밉다니?"

"낙산사에서 자기가 가장 귀하다는 거예요. 자기가 있기 때문에 의상대가 아름답다는 거예요."

"그러면 그렇다고 하려무나. 그게 무슨 문제냐?"

"그게 그렇지 않잖아요. 저만 해도 수백 년 전부터, 스님이 태어나시기 전부터 낙산사에 있었잖아요. 그러니까 제가 가장 귀하지요."

"글쎄……."

"내가 그렇지 않다고 했더니 언젠가는 종메가 되어 나를 때려줄 거라고 합니다. 도대체 나를 존중하지 않아요."

"허허, 소나무의 존중을 받아 뭘 하겠니? 그냥 그러려니 하고 참고 지내거라."

"그게 잘 안 돼요."

"너의 본분을 잊어서는 안 된다. 너는 희망과 평화의 종소리야. 바로 부처님의 목소리란 말이야. 너의 종소리를 듣고 세상 모든 어둠의 죄악이 물러가고 빛의 세상이 오는 거야. 그런데 네가 분노의 종소리를 내서야 되겠느냐?"

"네, 스님, 제가 잘못했습니다."

"네가 화를 내면 네 존재 가치가 없어져. 사람들이 오히려 너를 귀하게 여기지 않게 돼."

"네, 제 본분을 잊지 않도록 하겠습니다."

"왜 내게 이런 미움의 시련이 찾아왔는가 하고 생각해봐. 그건 너를 보다 높은 정각(正覺)의 세계로 이끌게 하기 위해서야. 그렇지 않은가?"

"네, 스님 말씀이 옳습니다."

나는 스님의 말씀을 가슴에 새기고 잘 따르겠다고 약속했다.

그러나 그것은 말뿐인 약속이었다. 화를 내지 않으려고 해도 화가 나서 소나무를 더욱 미워하게 되었다.

'뭐? 종메가 돼 나를 때려준다고?'

이런 생각이 한번 들면 화가 나서 견딜 수 없었다. 그래서 가능한 한 내 종소리가 의상대 쪽으로 울려 퍼지지 않게 하려고 애를 썼다.

그런 어느 봄날이었다. 바다는 봄빛이 완연했다. 파도가 고요하고 따뜻해 보였다. 내가 있는 범종각 앞뜰에 산수유가 피더니 곧이어 낙산사 경내에 진달래와 철쭉과 백목련이 만발했다.

하루는 의상대 소나무에 둥지를 틀고 사는 까치 한 마리가 나를 찾아왔다.

"가, 나한테 오지 마."

나는 의상대 소나무에 사는 까치라서 싫기도 했지만 나한테 똥을 누고 갈까 봐 걱정되었다. 이상하게도 내가 의상대 소나무를 미워하고 나서부터 새들이 자꾸 날아와 내게 똥을 누고 갔다. 확증이 있는 건 아니지만 나는 의상대 소나무가 산새들에게 시킨 것이라고 여기고 있었다.

"할 말이 있어요!"

까치는 날아갈 듯하더니 날아가지 않고 내 용뉴(龍鈕)에 날아와 앉았다.

"당신이 창피해서 의상대에 못 온다고 하던데 그 말이 맞아요? 나는 당신 종소리를 늘 기다리고 있는데 요즘은 오지 않더군요. 왜 그러세요? 무슨 창피한 일이 있어요?"

"응, 그게 그런 게 아니고······."

나는 갑자기 말문이 막혀 무슨 말을 해야 할지 몰랐다.

"소나무가 언젠가는 종메가 되어 당신을 힘껏 때려주는 게 소원이라고 하던데 왜 그런 말을 해요? 둘이 싸웠어요?"

나는 까치의 말에 숨이 막혀 아무 말도 하지 못하고 화만 머리끝까지 치솟았다. 밤에 잠을 이룰 수 없었다. 꼬박 밤을 새우고 새벽 타종을 할 때 종소리가 되어 의상대로 소나무를 찾아갔다.

동해에 먼동이 트고 있었다. 붉은 해가 수평선 위로 말갛게 씻은 얼굴을 내밀며 솟아오르고 있었다. 해가 솟아오르면 오를수록 동해는 찬란하게 빛났다. 일출의 아름다움이 모든 세상을 아름답게 하고 있었다. 홍련암(紅蓮庵)도 의상대의 소나무도 일출의 빛을 받아 눈부시도록 아름다웠다.

나는 잠시 소나무의 아름다움에 취해 있었다. 떠오르는 붉은 해를 등지고 새벽노을에 붉게 타오르고 있는 의상대 소나무. 그 소나무를 오랫동안 바라보고 있다가 나도 모르게 그만 잘못된 기도를 하게 되었다.

"부처님! 저 못된 소나무를 저대로 불타게 해주소서. 활활 불길에 휩싸여 다시는 살아남지 못하게 해주소서. 두 번 다시 건방지게 굴지 않도록 활활 불타 재가 되게 하소서!"

나는 소나무가 불타 죽기를 기도했다. 그것은 일출에 붉게 타오는 소나무의 아름다움 때문이기도 했고, 그를 미워하고 증오하는 나의 마음 때문이기도 했다.

한순간이었지만 그런 기도를 하고 나자 내 마음은 편지 않았다. 그러나 기도는 한번 하고 나면 사라지지 않았다. 어떤 염원을 담아 종을 쳤다면 종소리에 실린 그 염원이 영원히 사라지지 않듯이 나의 기도도 사라지지 않았다. 소나무의 건강과 아름다움을 위해 다시 기도해야 한다는 생각이 들었지만 그렇게 하지 않았다. 오히려 소나무에 대한 미움과 증오만 가득 차올랐다.

그날 오후였다. 바람이 몹시 강하게 불어왔다. 바람은 바다에서부터 불어오는 게 아니라 양양군 일대 높은 산등성이에서부터 불어왔다. 밤이 깊어가도 그치지 않았다.

그날 밤 자정 무렵이었다. 강현면 화일리 도로변 임야에서 갑자기 산불이 발생했다. 산불은 강풍에 힘입어 급속도로 낙산사가 있는 전진리 동쪽으로 확산되었다.

"설마 불길이 우리 쪽으로 넘어오겠는가, 그러진 않겠지."

낙산사 스님들은 걱정이 되면서도 소방차가 출동하고 소방헬기가 떴으므로 불길이 곧 잡힐 것으로 여기고 안심하고 있었다. 실제로 불길이 거의 꺼져 산불이 진압된 것처럼 파악돼

소방대원들은 대부분 집으로 돌아갔다.

그러나 그것은 헛된 기대였다. 불길은 화마를 숨기고 있었고 강풍도 잦아들지 않았다. 다음 날 오후가 되자 꺼진 줄 알았던 불길이 강풍을 타고 되살아났다. 불똥이 바람을 타고 도로를 건너 낙산사 경내에 마구 떨어졌다. 결국 방화선(防火線)이 무너지고 만 것이다.

낙산사가 불길에 휩싸인 것은 순식간이었다. 관세음보살님이 계신 원통대전이 타고, 세조 때 무지개 모양으로 세운 홍예문(虹霓門) 문루가 타고, 스님들이 좌선하면서 지혜의 칼을 찾는 심검당(尋劍堂)이 타고, 나도 불타기 시작했다.

불길은 나를 가만히 두지 않았다.

"살려주세요! 제가 잘못했어요!"

내가 매달려 있던 범종각이 타들어가는 것을 보고 살려달라고 빌기도 전에 불길은 "네 이놈!" 하고 소리치면서 나를 덮쳐버렸다.

나는 온몸이 뜨거운 불길에 휩싸이는 고통에 몸부림쳤다.

"아, 내가 잘못했어. 다 내 잘못이야!"

불길에 쇳물처럼 녹아내리면서 나는 참회의 눈물을 흘렸다.

불은 바로 나에 의해 일어난 것이었다. 내가 의상대 소나무가 불타 죽기를 기원했기 때문에 그 벌로 내가 불타 녹아내리는 것이었다. 악귀의 마음으로 남의 불행을 기원했기 때문에 내가 그 벌을 받는 것이었다.

그 벌의 대가는 혹독했다. 죄를 지은 나만 불타는 게 아니고 낙산사 전체가 거의 소실되었다.

내 죄가 너무 컸다. 지옥에 가서 염라대왕한테 끌려나와 업경대(業鏡臺) 앞에 서 있지 않아도 내 죄는 명약관화(明若觀火)한 것이었다.

"남이 불행하게 되기를 간절히 바라고 원하는 것, 그것이야말로 네 자신이 그렇게 되기를 원하는 것인 줄 몰랐느냐?"

나는 지옥의 불길 속에서 고통에 몸부림치며 참회하고 또 참회했다. 남이 불타 죽게 되기를 바라면 바로 내가 불타 죽게 된다는 것을 깨닫고 또 깨달았다. 그러나 그것을 깨달았다고 하기에는 이미 너무나 늦은 때였다.

"소나무야, 내 죄가 크다. 이 모든 것은 다 내 잘못이다."

다행히 의상대 소나무는 불타지 않았다. 불길에 그을려 몸에 붕대만 감고 있었다. 나를 보고 한없이 눈물만 흘릴 뿐 아무 말이 없었다.

나는 이렇게 의상대 소나무가 불타 죽기를 소원했다가 내가 불타 죽음으로써 태어난 지 536년 만에 낙산사 동종으로서의 삶을 끝내게 되었다.

나는 지금 불타버린 흉측한 몸이 되어 낙산사 경내 의상기념관(義湘記念館) 유리상자 안에 전시돼 있다. 그것은 내 죄업의 모습이다. 하루에도 수백 명이 내 죄업의 처참한 모습을 구경하고 간다.

나는 사람들이 불길에 거의 다 녹아내린 흉악망측(凶惡罔測)한 내 모습을 구경하는 것을 당연히 여긴다. 한 사람이 보고 가면 또 한 번 내 죄업이 씻기는 것이라고 생각하고 감사히 여긴다.

이 글을 읽는 여러분들께서도 낙산사에 들르시면 내 멸죄(滅罪)를 위해 고철덩어리가 된 채 비스듬히 입을 벌리고 누워 있는 내 참혹한 모습을 한번 구경하고 가 주세요.

"종은 불타도 그 종소리는 남아 있다. 종을 치면서 염원했던 그 염원만은 영원히 사라지지 않는다."

나는 지금 이 순간에도 법정 스님께서 꿈에 나타나 하신 이 말씀을 통해 내 죄업에 대해 참회의 기도를 올리고 있다.

"부처님! 저를 용서하소서. 그동안 널리 울려 퍼졌던 제 종소리만은 그대로 살아 있게 해주소서. 저는 이미 불길에 녹아

내렸지만 종을 치면서 실어 보낸 수많은 사람들의 염원만은

녹아내리지 않게 하소서."

하동 송림 장승

사는 게 힘이 들 때, 여러 가지 힘든 일로 마음이 우울할 때, 그럴 때는 경남 하동 송림을 한번 찾아가 보는 게 좋다. 그곳엔 약 270년 전 영조 시대 때 하동 도호부사 전천상(田天祥)이 심은 소나무 3천 그루가 지금도 빽빽이 잘 자라고 있다. 물론 지금이야 750여 그루밖에 남아 있지 않지만 섬진강 백사장을 끼고 있는 하동 송림은 정말 산책하기 좋은 곳이다.

요즘은 남들보다 좀 더 잘살아보기 위해 애를 쓰느라 다들 마음이 지쳐 있다. 더구나 파괴돼가는 인간관계에서 오는 마음의 상처 때문에 갈수록 삶이 황폐해지고 있다. 부부 간에도, 부모 자식 간에도, 연인이나 친구 간에도 서로 사랑을 잃고 마음 둘 데가 없을 때가 있다. 그럴 때는 주저하지 말고 맑은 솔 향기를 맡으며 하동 송림 속을 천천히 걸어가보라. 사랑을 잃고 우울했던 마음이 섬진강에서 불어오는 시원한 바람을 따라 한순간에 다 사라져버릴 것이다.

나는 하동 송림에 산다. 오래전에, 그러니까 처음 하동에 송림이 형성되던 1745년 그해부터 이곳에서 살아왔다. 지금은 그렇지 않지만 내가 이곳에 살기 시작할 때는 광양만에서 불어오는 바닷바람과 섬진강에서 불어오는 모래바람이 아주 심했다. 아침에 일어나면 사람들 사는 집 마당에 일부러 뿌려놓은 듯 모래가 가득했다. 어떤 때는 눈을 뜰 수 없을 정도였다. 사람들은 고깃배가 들어와도 모래바람이 심해 포구에서 제대로 일을 할 수 없었다. 그래서 하동 도호부사가 백성들의 그러한 고초를 해소하는 방안으로 섬진강변에 3천 그루의 소나무를 심었다. 또 섬진강 하구에 출몰하는 외적을 격퇴하는 군사 기지로써 활용하고자 하는 의도도 있었다. 외적이 쳐들어와도 소나무를 엄폐물 삼아 싸우기가 무척 유리했다.

나는 여러 소나무 벗들과 함께 건강하게 무럭무럭 자랐다. 하동은 내가 자라기에 조금도 부족함이 없는 환경이었다. 새벽이면 하얀 목화송이처럼 피어오르는 물안개와, 낮이면 들녘을 밝히는 따사로운 햇살과, 밤이면 섬진강 물결 위에 빛나는 달빛을 먹으며 배고픔 없이 항상 기쁨과 즐거움 가운데서 지냈다.

무엇보다 멀리 지리산에서부터 불어오는 섬진강 강바람을 아주 좋아했다. 처음에 아이들 키 정도 자랐을 때는 강바람이 무척 싫었다. 어떤 때는 모래가 내 가슴을 덮어버릴 때가 있었다. 그런데 차차 키가 크고 몸피가 굵어지자 그 정도 바람은 스스로 견딜 수 있었다. 바람은 나를 쓰러지지 않게 강하게 키우는 아버지 같은 존재였다.

더구나 바람 소리가 늘 노랫소리처럼 들렸다. 지리산에 사는 산새들과 섬진강 강물 속에 사는 재첩이나 은어들이 부르는 합창 소리에 귀를 기울이며 나는 늠름하게 하늘 높이 몸매를 쭉 뻗으며 곧게 자랐다. 몸이 구부러지면서 자라는 벗들도 많았으나 나는 늘 꼿꼿한 자세를 유지했다. 송림에 사는 청설모나 다람쥐나 솔잣새도 등이 구부러진 벗들보다 곧게 자란 나를 더 좋아했다.

그런 어느 날 새벽이었다. 희끄무레한 새벽안개를 헤치고 왜구들이 배를 몰고 섬진강 하구까지 쳐들어왔다.

"아직도 왜구들이 여기까지 쳐들어온단다. 그러니까 우린 빨리 더 튼튼하게 자라야 해."

벗들이 그런 말을 할 때마다 나는 고개를 갸우뚱거렸다. 이 평화롭고 아름다운 강과 산이 있는 하동 마을에 왜구가 쳐들어온다는 것을 믿을 수 없었다. 임진왜란 이후에도 가끔 왜구가 쳐들어와 노략질을 멈추지 않는다는 사실을 나만 잘 모르고 있었다.

"왜구다! 왜구가 쳐들어온다!"

언제 알아차렸는지 초소에서 보초를 서고 있던 병사들의 움직임이 민첩해졌다. 사방에 횃불이 밝혀지고 대포를 실은 판옥선이 섬진강으로 집결했다. 병사들이 판옥선에서 대포를 쏘자 왜구들은 강변 쪽으로 쉽게 접근하지 못했다.

그렇지만 왜구들은 조총을 쏘았다. 우리 병사들은 실전에 사용할 수 있을 만큼 조총을 준비해놓지 않아 총으로 대응하지 못했다. 그 대신 화전(火箭)과 화포(火砲)를 쏘면서 응전했다.

나는 우리 병사들을 응원했다. 왜선 갑판 위로 화포가 떨어져 불타는 것을 보면서 신나게 박수를 쳤다.

그때였다. 어디서 날아왔는지 왜구가 쏜 총알이 내 가슴에 날아와 박혔다. "아!" 하는 비명과 함께 나는 한순간에 정신을 잃고 말았다.

"정신 차려. 우리가 이겼어!"

옆에 있던 벗이 허리를 구부리며 나를 흔들어 깨웠다.

시간이 얼마나 지났는지 캄캄한 밤이었다. 왜구들은 물러 났는지 사방이 고요했다. 밤하늘엔 달도 별도 보이지 않았다.

"많이 아프니?"

피가 고인 내 가슴을 벗이 쓰다듬어주었다.

"괜찮아."

말은 그렇게 했지만 실은 아파서 꼼짝도 할 수 없었다. 그 래도 총에 맞은 병사들처럼 쓰러져 죽으면 안 된다는 생각이 들었다.

'살아야 돼. 이 아름다운 송림을 내가 살아 더욱 아름답게 해야 해.'

밤이 되면 섬진강 강물 위에 뜬 보름달을 향해 살려달라고 빌고 또 빌었다.

해가 뜨면 지리산 천왕봉을 향해 빨리 낫게 해달라고 빌고 또 빌었다.

다행히 상처는 차차 가라앉았다. 송진이 옹이를 만들면서 총 맞은 상처를 덮어주었다. 그러나 나는 그만 가슴에 총알이 박힌 소나무가 되고 말았다.

그렇지만 슬퍼하지는 않았다. 죽지 않고 살아남은 것만 해도 감사한 일이었다. 하동 송림이 더욱 울창하고 아름다워지기 위해서는 내가 건강하게 더 열심히 자라야 한다고 생각하고 언제나 마음을 다했다.

많은 세월이 흘렀다. 인간이 사는 세상은 변하지만 시간은 변함없이 무심히 흘러갔다. 그사이에 조선은 망하고 일본 제국의 식민 통치를 받다가 해방이 되었다.

식민지 백성으로 고통스러운 삶을 살던 사람들이 그제야 기쁜 마음으로 송림을 찾아와 걷기도 하고 편히 앉아 쉬기도 했다. 나는 해방을 맞은 사람들에게 가능한 한 시원한 그늘과 맑은 솔향기를 선물하려고 노력했다. 누가 솔방울을 주워가면 솔방울을 더 많이 떨어뜨렸다. 그런데 해방 후 남북으로 나라가 분단되더니 그만 동족상잔의 6.25 전쟁이 일어나고 말았다. 북한이 남침을 한 것이다.

남한 정부는 북한 공산주의자들이 쳐들어올 줄 미처 예상하지 못해 전선이 계속 남쪽으로 밀렸다. 심지어 내가 사는 하동에도 인민군이 밀려들었다. 물론 나중에는 인민군을 북으로 쫓아내긴 했지만 지리산에 '빨치산'이라고 불리는 공산주

의자들이 남아 무력 투쟁을 벌였다. 그래서 '지리산 토벌대'라고 일컬어지는 군경 토벌대와 빨치산이 서로 전투를 벌였다.

그런 어느 날 환한 대낮이었다. 총을 든 군경 토벌대 사람들이 포승에 묶인 빨치산 몇 명을 송림으로 끌고 들어왔다.

"아니, 총을 들고, 저 사람들을 왜 여기로 끌고 온 거지?"

놀라 눈을 똥그랗게 떴지만 그들이 왜 송림으로 끌려왔는지 곧 알게 되었다. 그것은 전투 중에 관공서를 불태우고 군경을 죽인 빨치산을 즉결 처분하러 온 것이었다.

온몸에 갑자기 소름이 돋았다. 나뭇가지 높이 앉아 있던 붉은 솔잣새 한 마리가 놀라 푸드덕 날아갔다.

그들은 성큼성큼 빨치산을 앞세우고 송림 깊숙이 들어오더니 바로 내 앞에서 걸음을 딱 멈추었다.

"저 소나무에 묶어!"

상급자인 듯한 사람이 나를 가리키며 그렇게 지시하자 빨치산 한 사람을 등을 기대게 한 채 내 몸에 묶었다.

"쏴!"

곧 누가 나를 향해 총을 겨누었다.

"안 돼요, 쏘지 마세요!"

나는 마치 내가 총살당하는 것 같아 나도 모르게 소리쳤다.

그러나 바로 그 순간 몇 발의 총소리가 나고, 내 몸에 묶여 있던 사람의 고개가 푹 수그러졌다. 그와 동시에 내 가슴에도 총알이 날아와 깊숙이 박혔다.

아, 나는 그만 고개를 떨구고 또 정신을 잃고 말았다.

"정신 차려, 정신. 죽지 마!"

얼마나 시간이 지났는지 알 수 없었다. 이번에도 허리를 구부리며 내 벗이 나를 흔들어 깨웠다.

"이번에도 나 대신 네가 총을 맞았구나. 미안해."

옆에 있던 벗이 눈물을 흘리며 나를 꼭 껴안아주었다.

나는 그렇게 가슴에 총알이 두 개나 박힌 소나무가 되고 말았다.

이번에는 무척 슬펐다. 그 슬픔이 아픔이 되었다. 바람에 몸이 흔들릴 때마다 아파서 견딜 수가 없었다. 송진이 상처 부위를 정성껏 감싸도 아픔은 쉽게 낫지 않았다.

'이제 총알을 빼야 해. 그대로 둘 수는 없어.'

늘 그런 생각을 했지만 총알을 제거할 수 있는 아무런 방법이 없었다.

세월은 자꾸 흘러갔다. 사람들은 아무도 내가 가슴에 총알이 두 개나 박힌 소나무라는 사실을 알지 못했다.

"내 가슴에 박힌 총알을 좀 빼주세요!"

한번은 "와, 이 소나무 정말 잘생겼다. 엄마, 이 둥치 좀 봐. 몇 백 년은 됐겠어요." 하고 두 팔을 벌려 나를 꼭 껴안아보는 소녀가 있어 소리쳐보았지만 아무 소용이 없었다. 아무도 내가 가슴에 총알을 품고 사는 소나무라고는 생각하지 못했다.

날이 갈수록 나는 가슴에서부터 오는 통증을 견디기 힘들었다. 비가 오거나 바람이 조금만 세게 불어도 가슴이 찢어지는 것 같은 아픔이 찾아왔다. 그럴 때마다 나도 모르게 끙끙 신음 소리를 내었다.

"소나무야, 왜 그래? 어디 아프니?"

내 신음 소리가 너무 컸는지 한번은 솔잣새가 내게 말을 걸어왔다.

"내 가슴에 총알이 박혀 있어서 그래. 이젠 너무 아파. 어떻게 하면 총알을 뺄 수 있을까?"

"아, 가슴에 총알이 박혀 있다니. 난 그런 줄 몰랐어. 정말 많이 아프겠다. 어떡하면 좋겠니?"

솔잣새가 안타깝다는 듯 목소리를 크게 내었다.

"솔잣새야, 무슨 좋은 방법이 없을까?"

솔잣새가 한참 동안 가만히 생각하다가 다시 입을 열었다.

"누굴 진정으로 사랑해보면 어떨까?"

"사랑?"

"응. 사랑은 아무리 견디기 힘든 아픔도 낫게 해주잖아. 어쩌면 사랑이 널 낫게 해줄 수 있을 거야."

"나는 너도 사랑하고, 섬진강도 사랑하고, 이 송림도 진정 사랑해."

"아니, 지난번에 널 꼭 껴안아주던 그 소녀를 한번 사랑해 봐."

"글쎄, 사랑에 어떤 목적이 있으면 안 되잖아? 나도 그 소녀가 보고 싶긴 하지만 그건 나만을 위한 이기적인 태도야."

"그래도 그 소녀가 분명 널 사랑할 거야. 그때 널 껴안고 무척 행복해하던 걸."

나는 솔잣새의 말을 듣고 용기를 내 그 소녀를 기다렸다. 소녀를 만나면 그동안 보고 싶었다고, 자주 찾아와달라고 말하고 싶었다.

그러나 소녀는 그 이후 더 이상 송림을 찾아오지 않았다. 소녀를 기다리면 기다릴수록 내 가슴의 통증만 더 깊어갔다.

"솔잣새야, 아무리 기다려도 소녀가 오질 않아. 나 대신 네가 소녀를 찾아가 내 마음을 좀 전해주렴."

솔잣새는 몇 날 며칠 그 소녀를 찾아 하동군을 날아다녔다. 그러나 소녀는 하동에 살지 않는지 아무리 찾아도 찾을 수가 없었다.

나는 이제 가슴뿐만 아니라 온몸이 아파왔다. 힘이 없어서 가만히 서 있기도 힘들었다. 봄이 와도 다른 소나무들은 새잎을 틔우고 송화(松花)를 피우는데 나는 온몸이 누렇게 말라가기만 했다.

그런 나를 보고 솔잣새가 안타까워 다시 내게 말했다.

"소나무야, 힘내. 내가 섬진강 재첩한테 한번 부탁해볼게. 재첩을 먹으면 못 고치는 병도 고치고 힘이 난다고 하잖아."

나는 솔잣새의 그런 말도 이제는 듣는 둥 마는 둥 했다. 이대로 내가 죽는 게 아닌가 하는 생각에 처음으로 죽음을 생각했다.

어리석게도 그동안 나는 사람에게만 죽음이 있는 줄 알았다. 무릇 모든 생명에게는 죽음이 존재한다는 이 엄연한 진리를 모르고 있었다. 그래서 처음에는 나무인 나에게 죽음이 찾아온다는 사실을 받아들이기 힘이 들었다.

그런 어느 뜬눈으로 밤을 새우던 날이었다. 그날따라 보름달이 휘영청 떠올라 섬진강이 참으로 아름다웠다.

'달빛에 눈부신 섬진강을 오래도록 바라보는 일이 이토록 행복한 일이구나.'

나는 어쩌면 아름다운 섬진강의 달밤을 더 이상 볼 수 없을지도 모른다는 생각에 오래도록 섬진강을 바라보았다.

그때였다. 사람 손톱만큼 작디작은 재첩 조개 하나가 강 깊은 곳에서 기어 나와 애써 나를 찾아왔다.

"소나무야, 솔잣새한테 네가 아프다는 얘길 들었어. 가슴에 총알이 박힌 채 지금껏 살아왔으니 그 얼마나 아팠겠니. 이제 걱정하지 마. 나를 한번 먹어봐. 온전히 나를 다 줄게. 나를 먹으면 병이 나을 거야. 사람들도 나를 먹고 병이 낫기도 해."

재첩의 말은 진정이었다.

그러나 나는 차마 재첩을 먹을 수 없었다. 내가 재첩을 먹는다는 것은 곧 재첩의 죽음을 의미하기 때문에 내가 살겠다고 남을 죽게 할 수는 없는 일이었다.

"내가 필요하면 언제든지 연락해줘. 네 병만 낫는다면 난 나를 다 줄 수 있어."

재첩이 거듭 당부의 말을 하고 떠나간 뒤 나는 죽을 때 죽더라도 참고 견디며 열심히 살아가기로 마음을 먹었다. 죽음을 매일 두려워하면 매일 죽는 것이나 마찬가지이기 때문에 단 하루를 살더라도 감사하는 마음으로 열심히 살아야 한다는 생각이 들었다.

그래서 그런지 마음이 편안했다. 하동 송림이 더욱 소중하고 아름답게 느껴지는 가운데 다시 또 봄이 오고 여름이 찾아왔다. 그런데 그 어느 태풍이 심하게 불어온 날, 나는 그만 태풍에 쓰러져버리고 말았다. 허리가 뚝 꺾인 채 한번 쓰러지고 나자 도저히 일어날 수가 없었다.

그렇게 쓰러진 채 몇 년을 그대로 누워서 지냈다. 아무도 나를 일으켜 세워주지 않았다. 차라리 빨리 썩어 흙이 되어 하동 송림의 소중한 자양분이 되고 싶었으나 쉽게 그렇게 되지 않았다.

그런 어느 날, 하동군청 직원 몇 명이 나를 찾아왔다. 그들은 한참 동안 나를 살펴보더니 이런저런 이야기를 나누었다.

"원래 무슨 병이 있었던 건 아닐까?"

"노송이라서 태풍에 쓰러진 거지."

"노송이라도 다른 노송들은 그대로 잘 있잖아?"

"그러게 말일세."

"어떡하나? 쓰러진 걸 이대로 계속 여기 둘 수도 없고, 아예 송림 밖으로 끌어내버릴까?"

272

"그래, 그게 좋겠어. 죽은 나무를 이대로 여기에 둘 수는 없지."

'죽은 나무'라는 말에 나는 깜짝 놀라지 않을 수 없었다. 그동안 쓰러져 있으면서도 내가 죽었다고는 미처 생각하지 못하고 있었다.

"그래도 아직 끌어내지 말고, 어떻게 할지 좀 더 의논해보고 결정하세."

나는 그들이 떠난 간 뒤 비로소 내게 죽음이 임박했다는 사실을 인식하게 되었다. 쓰러진다는 것은 바로 죽음을 의미하는 것이었다. 그러자 지금까지 살아왔던 수백 년 시간이 한순간처럼 지나갔다.

'이제 내가 베어져 끌려 나가는 최후의 순간을 맞이한다 하더라도 오랜 세월 하동 송림의 소나무로 존재해왔다는 사실은 참으로 감사한 일이야.'

나는 고요히 감사 기도를 올렸다.

하동군청 직원들은 한 달 뒤 다시 나를 찾아왔다. 누가 손에 엔진톱을 들고 있는 것으로 보아 나를 토막 내 끌어내려고 온 게 분명했다.

'드디어 마지막 순간이 다가왔구나!'

나는 섬진강 흰 물결을 바라보며 마음을 굳게 먹었다.

'이제 내 존재가 사라진다 해도 다른 벗들에 의해 하동 송림은 여전히 아름다울 거야.'

내가 그런 생각을 하며 눈을 감은 바로 그 순간이었다.

"자, 이제 뿌리와 밑동은 그대로 두고 꺾인 허리 부분을 자를 겁니다."

누가 이렇게 말을 마치자 "위이잉" 엔진톱 작동하는 소리가 나고 내 몸이 한순간에 두 동강 나고 말았다. 밑동에서부터 위로 허리 꺾인 부분만 남은 흉측한 모습이었다.

"나무 밑동을 잘라야지요. 다시 나무를 심으려면 뿌리도 다 캐내야 되잖아요."

마침 그곳을 산책하던 아주머니 한 분이 공연히 항의하는 듯한 말을 하고 지나가자 나를 자른 이가 웃으면서 말했다.

"이 나무로 장승을 만들려고 해요."

"아, 장승! 장승을 만들면 아주 멋있겠어요."

나는 그들의 대화에 나오는 '장승'이 무엇인지는 알 수 없었다. 그렇지만 내가 장승이란 다른 존재로 다시 태어난다는 사실에 눈이 번쩍 뜨였다.

며칠 뒤, 끌과 망치 등이 든 가방을 들고 장승 공예가라는 분이 나를 찾아왔다.

"나는 하동에 사는 전통공예가 박용수라고 해요. 그날 내가 당신을 잘랐어요. 이제 장승으로 다시 태어나게 해드릴 테니까 아파도 잘 참으셔야 돼요."

그는 내게 두 손을 모으고 공손히 머리를 숙였다.

"네, 감사해요. 말씀에 잘 따르겠어요. 그런데 한 가지 부탁이 있어요. 꼭 들어주셔야 할 부탁이에요."

"네, 말씀하시지요. 꼭 들어드리겠어요."

"지금 내 가슴엔 총알이 두 개나 박혀 있어요. 이번 기회에 그걸 제거해주세요. 그렇지 않으면 장승으로 태어나도 또 아파 쓰러질지 몰라요."

그는 깜짝 놀라는 표정을 지으며 한동안 아무 말이 없었다.

"어릴 때 하동 송림에 총 맞은 소나무가 있다는 얘길 듣긴 들었는데, 아, 바로 당신이었군요. 그동안 얼마나 견디기 힘드셨어요. 이젠 염려 마세요. 제가 꼭 제거해드리겠어요."

나는 기쁜 마음으로 그에게 나의 모든 것을 다 맡겼다. 내가 어떤 모습으로 다시 태어날지는 몰랐지만 장승으로 만들어지는 과정 속에서 내 가슴에 박힌 두 개의 총알이 제거되길 간절히 바랐다.

그 뒤 그는 비가 오나 눈이 오나 나를 찾아왔다. 어떤 날은 찾아와서 나를 한참 동안 바라보기만 하고 그냥 돌아간 적도 있고, 어떤 때는 하루 종일 나를 어루만지기만 하다가 돌아간 적도 있었다. 그렇지만 하루하루 날이 갈수록 나는 낫과 끌과 망치를 든 그의 손에 의해 깎이고 패이고 다듬어지는 고통의 과정을 거치면서 조금씩 장승으로 변모돼갔다.

"여기 총알을 제거했어요."

하루는 그의 손에 두 개의 총알이 놓여 있었다.

"이제 마음을 푹 놓으세요. 그동안 참으로 고생 많으셨어요."

위로하는 그의 말을 들으며 총알을 보는 순간, 나는 내 몸의 가장 소중한 일부가 사라진 것 같은 느낌이 들었다. 그토록 총알이 제거되길 바랐으나 막상 제거되고 나자 그것이 내 삶에 참으로 소중한 존재였다는 생각이 들었다. 어쩌면 총알이라는 상처와 고통이 있었기에 내가 더 열심히 참고 견디며 살아온 것일 수도 있었다. 그렇지만 나는 그날 총알을 손에 쥔 그의 가슴에 안겨 조용히 눈물을 흘렸다.

내가 장승으로 태어난 것은 그 후 일 년 뒤였다. 머리에는 갓을 쓰고 치아가 드러날 정도로 입을 크게 벌린 채 눈을 감은 듯 호탕하게 웃어젖히는 모습의 장승이 바로 나였다. 가슴에는 '도호부사 전천상' 이름이 먹물로 새겨졌다. 그러니까 내가 비록 장승이지만 270여 년 전에 하동 송림을 조성한 전천상 도호부사로 다시 태어난 거였다.

"어떠십니까? 마음에 드십니까? 저는 보면 볼수록 웃음이 나오는군요. 웃음 끝에 복이 온다고 하니까 당신을 보러 오는 사람마다 많은 복을 내려주십시오."

나를 만든 공예가가 무척 만족스러운 표정으로 내게 겸손히 머리를 숙였다.

"네, 감사드려요. 새 생명을 주신 이 은혜와 수고는 잊지 않겠어요."

나는 이렇게 죽어서 다시 장승으로 태어났다. 내 비록 태풍에 쓰러진 노송으로 더 이상 소나무로서의 삶은 살 수 없었지만 하동 송림을 떠나지 않고 새로운 장승으로서의 삶을 살게 되었다.

삶에 지친 이들이 하동 송림을 찾았을 때 나는 지리산과 섬진강이 떠나가도록 "으하하하!" 하고 한바탕 호탕하게 웃음으로써 세상을 사는 모든 근심 걱정을, 그 우울한 고통을 한순간에 다 날아가게 할 것이다.

순명과 자유의 인생론

| 홍용희(문학평론가)

"저 바위의 부처를 깨웠어." 불상조각장들은 이렇게 말한다. 그들에게 불상 조각은 바위를 깎아 만드는 기술적 작업이 아니라 바위 속의 부처를 깨워서 모시는 과정이다. 과연 모든 사물에는 불성이 있는 것일까? 그렇다면 그 불성은 어떻게 감지할 수 있는 것일까? 그것은 이미 불상조각장이 부처이기 때문에 가능하지 않을까? 불상조각장은 바위의 불성을 깨우고 바위 부처는 사람들의 불성을 깨우는 순환 과정이 오랜 세월 속에서도 세상의 참된 본성을 지켜온 동력이 아니었을까?

정호승의 우화소설집 『산산조각』을 읽으면서 이러한 물음들이 연이어 떠올랐다. 그의 우화소설에서는 수의(壽衣), 참나무, 새, 바람, 동종(銅鐘), 플라타너스 등이 온갖 번민, 역경, 절망 속에서도 자신의 본래 모습과 가치를 찾고 실현해온 곡진한 서사들이 생생하게 펼쳐지고 있다. 정호승은 섬세하고 순정한 눈길과 화법으로 삼라만상의 눈과 귀와 입을 깨워내고 있었던 것이다.

본래 우화, 'fabla'의 어원이 '말하다'라는 의미를 지닌 'fando'에서 연원한 것처럼 정호승은 동식물을 비롯한 사물들이 자신의 말을 마음껏 펼쳐낼 수 있는 세계를 열어놓고 있는 것이다. 그리하여 우리는 정호승의 우화를 통해 우리 주변의 삼라만상과 정직하게 만나고 소통하고 공감하면서 깊은 삶의 양식과 지혜를 얻을 수 있게 된다.

먼저 「룸비니 부처님」의 말에 귀 기울여보자. "허허······. 산산조각이 나면 산산조각을 얻은 것이고, 산산조각이 나면 산산조각으로 살아가면 되지 무슨 걱정이 그리 많은가." 나는 여기에서 "산산조각을 얻"는다는 말에 숨결이 멈춘다. 절망마저 긍정하라는 가르침이 아닌가. 산산조각을 받아들이면 산산조각의 또 다른 삶과 가치를 얻을 수 있다는 것이 아닌가. 이렇게 되면 수많은 실의와 자포자기가 세상 속에 머물 곳이 없어지지 않겠는가. 백척간두 진일보(百尺竿頭 進一步)의 선(禪)적 경지가 친숙한 일상의 화법으로 다가오는 대목이다.

이와 같은 '산산조각 철학'이 설파된 배경은 다음과 같다. 룸비니 부처님은 부처님의 고향 룸비니에서 만들어진 순례 기념품이다. 룸비니 부처님의 외형은 갈비뼈가 다 드러난 고행상(苦行像)을 하고 있다. 그런 탓인지 일 년이 지나도록 진열만 되었다가 다행히 한국인 중년 남자 순례객에게 팔리게 된다. 서울에서 장애를 가진 스무 살 아들과 단둘이 살고 있는 이 남자는 룸비니 기념품 부처님을 진짜 부처님처럼 소중하게 모시며 믿고 의지한다. 과거 산산조각의 기억에서 제대로 벗어나기도 전에 그는 다시 산산조각의 절망적 상황에 부딪친다. 친구의 빚보증을 잘못 섰다가 지하 단칸방을 거쳐 노숙자 생활을 전전하기에 이른다. 남자는 삶의 의욕마저 잃고 실의와 자포자기에 빠진다. 이때 룸비니 부처님이 앞에서 소개한 "산산조각" 철학을 설파한다. 이를테면 "깨어진 종"을 치면 깨어진 종소리가 나는 것이 아니라 "파편 하나하나"가 "제각기 하나의 종의 역할을" 하게 된다는 것이다. 그래서 산산조각이 나면 새로운 산산조각의 삶을 얻게 된다. 남자는 이제 자포자기에서 벗어나 자신의 "삶의 고통의 파편들을" 소중하게 받아들인다. 그리고 점차 새로운 재활의 길에 나선다. 백척간두(百

尺竿頭)의 상황에서 진일보(進一步)의 새 길을 걷게 된 것이다.

한편 이 우화소설의 가장 큰 특이점은 모조 기념품인 룸비니 부처님이 진짜 부처님이 되고 있다는 것이다. 이러한 상황은 어떻게 가능했을까? 그것은 중년 남자의 일관된 착하고 겸손한 태도가 기념품인 룸비니 부처님의 불성을 깨워내고 있기 때문이다. 또한 이 중년 남자는 그 룸비니 부처님을 믿고 의지하고 따름으로써 부처님의 가르침을 사는 평상심의 도를 얻게 된 것이다.

이 책의 일관된 기조를 이루는 '산산조각 철학'은 「선암사 해우소」의 주인공 순천 선암사 야생 차밭의 작은 바윗돌의 경우에도 표나게 드러난다. 이 작은 바윗돌은 야생 차밭의 아름다운 풍경 속에서 자랑과 긍지의 삶을 산다. 그러나 어느 날 스님이 바윗돌을 옮겨 선암사 해우소 아래층에 새로 세울 기둥 받침돌로 쓰게 된다. "차 향기를 맡던 내가 똥 냄새를 맡으며 살아가다니!" 냄새와 무게의 중압감에 고통과 불만의 나날을 보낸다. 그때 옆에서 친구처럼 해우소 내력을 들려주던 바윗돌이 어느 날 이렇게 말한다. "우리가 이렇게 견딤으로써 해우소 위층을 받쳐주고 사람들이 안심하고 똥을 눌 수 있는 거야." 자신의 받침돌로서의 삶이 "자비를 구현"하는 가치를 지닌다는 점을 자각시켜주고 있다. 바윗돌은 "사람들이 해우소를 찾지 않는 깊은 밤이면 스님들이 좌선하듯 좌선의 시간을 갖는다." "의미 없는 고통은 없다. 인간의 똥오줌을 뒤집어쓰며 살아야 하는 이 고통의 의미는 무엇인가?" 바윗돌은 마침내 "뿌리가 없으면 나무가 쓰러지듯이 받침돌인 내가 없으면 해우소는 무너진다." 그리하여 선암사 야생 녹차밭이 그립지만 그 그리움 또한 견디어야 한다고 생각한다. 견딤 속에 스스로 부처가 되는 길이 있다고 믿는다. 야생 차밭에서 해우소 받침돌로 전락했지만, 이것을 절망으로 받아들이기보다는 새로운 삶과 가치를 얻은 것으로 인식하고자 한다. 선암사 바윗돌은 "산산조각이 나면 산산조각을 얻은 것이고, 산산조각이 나면 산산조각으로 살아가면 되지"라는 산산조각 철학을 직접 실현하고 있는 것이다.

물론 '산산조각 철학'은 군이 이 작품처럼 부처님이나 절이 등장하지 않아도 결코 문제 되지 않는다. 정호승에게 부처님은 참된 본성을 가리키는 상징에 해당하기 때문이다. 「걸레」이든 「숫돌」이든 자신의 본모습에 성실하게 순명(順命)한다면 모두 부처에 다름 아니다. 비록 걸레이고 숫돌이라 할지라도 자신의 참된 삶에 충실하면 이미 절대 "숭고"의 주인공이라는 것이다.

「걸레」에서 "걸레"는 남자의 팬티에서 걸레로 전락했다. 팬티일 때도 곤란한 어려움이 많았지만 걸레가 된 이후로는 더욱 그러하다. 늘 더럽고 어두운 곳을 닦으며 만신창이가 되어가고 있는 신세를 한탄하며 산다. 어느 날 자신과 비슷한 모양새를 하고 있지만 한결 더 나아 보이는 "행주"를 만난다. 그러나 행주의 삶 역시 크게 다르지 않음을 알게 된다. 수시로 삶길 때의 고통을 겪어야 하기 때문이다. 행주는 걸레에게 말한다. "그렇지만 나는 이렇게 잘 견디고 있어. 산다는 건 견디는 게 아니겠니." 그렇다면, 왜 견뎌야 할까? 그것은 "내 삶을 포기할 수 없기 때문"이다. 포기하지 않고 숙명을 다할 때, 자신의 본래의 삶의 가치를 구현할 수 있다는 것이다. 그리하여 걸레와 행주는 희생을 통해 "이 집 가족들을 사랑하기 위해 존재"한다는 생각을 하면서 점차 삶의 의미와 평화를 구가하게 된다. 그리하여 마침내 걸레는 죽어가면서도 스스로 "보람된 삶"을 살았다고 자평할 수 있게 된다.

「숫돌」의 기본 구도 역시 이와 동일하다. 숫돌은 수락산 숫돌고개에서 태어나 칼갈이 아저씨 부친 때부터 지금까지 2대에 걸쳐 칼을 갈며 살아간다. 어느 날 봄 햇살이 말을 건넨다.

"숫돌아, 넌 왜 몸이 이렇게 닳았니? 너무 많이 패였어. 평생 밥도 얻어먹지 못한 것 같아." 이 말을 듣자 숫돌은 갑자기 불안해지고 칼갈이 아저씨가 미워진다. 자신을 보호해야겠다는 생각이 든다. 이때 숫돌은 칼갈이 아저씨가 벽장에서 꺼낸 벼루를 만나게 된다. 벼루와 대화 중에 이런 말을 듣게 된다. "너를 보호할수록 넌 아무 데도 쓸모없는 존재가 되는 거야." 각자의 몫대로 쓰이지 않으면 어떤 존재 의미나 가치도 없다는 준엄한 일깨움이다. 각자의 본래 모습에 상응하는 소명을 다하는 것이 세상을 향한 희생이면서 사랑이며 동시에 자신의 존재론적 본질의 실현이라는 것이다.

「걸레」와 「숫돌」은 이와 같이 바람직한 삶과 가치란 밖에서 구하는 것이 아니라 자신의 본성에 따른 역할을 성실하게 수행하는 것에 있음을 전해준다. 따라서 자신의 본래 모습을 찾고 이를 실현하는 것이 숭고에 이르는 길이 된다. "나 자신이 아름다워지기 위한 것이 아니라 이 세상을 아름답게 하기 위한 것"이 사실은 "나 자신이 아름다워지는 것"(「흰이마기러기」)이 되기 때문이다.

그렇다면 자신의 본모습을 온전히 찾고 이를 제대로 지키며 구현할 수 있는 방법론은 무엇일까? 그것은 겸허와 인내이다. 「낙산사 동종」의 참회록은 겸허의 미덕을 종소리처럼 강렬하게 전해준다. 낙산사 동종은 원통보전 관세음보살의 은덕 덕분에 인간이 염원하는 바를 이루어주는 힘이 있었다. 그러나 사람들이 꾸준히 찾고 의존하자 어느새 오만해지고 말았다. "내가 낙산사를 위해 존재하는 것이 아니라 낙산사가 나를 위해 존재한다"고 여기기까지 했다. 그런데 낙산사 동종 근처 의상대의 잘 자란 소나무가 낙산사 동종을 무시하며 자신의 아름다움을 자랑하기에 바빴다. 낙산사 동종은 그런 소나무와 다투면서 소나무가 불타 죽기를 기도하였다. 과연 산불이 나서 낙산사가 불타는 참사가 일어났다. 원통대전, 홍예문, 심검당과 함께 동종도 그만 불길에 휩싸였다. 동종은 흉악망측한 모습이 되고 말았다. 동종은 뼈아픈 참회를 하지만 이미 때는 늦었다. 자신을 낮추고 비우는 겸허의 자세를 갖지 못함으로써 자신의 고귀한 본성을 잃게 된 것이다.

한편 「아라연꽃」은 포기하지 않고 기다리는 인내의 미덕을 흥미롭게 전해 준다. 아라연꽃은 아라가야 봉산 산성 앞 연못이 서식처였다. 백제와의 전쟁 와중에 아라가야의 아라공주가 연밭으로 숨어들어온다. 아라공주와 아라연꽃은 서로 돕고 의지하고 사랑한다. 그러나 아라공주는 백제군에 붙잡혀 가게 된다. 오랜 세월이 지나면서 연밭은 없어지고 흙더미로 퇴적된다. 아라연꽃은 삶의 터전이 없어지면서 실의에 빠진다. 이때 아득히 "희망"을 가져야 한다는 아라공주의 당부의 목소리가 들린다. 희망이란 무엇인가? 그것은 "네 존재의 가장 아름다운 꽃을 다시 꽃피"우는 것이다. 이를 위해서는 퇴적층 속에서 화석처럼 "나 자신에 대한 믿음을 가지고 기다리고 참고 견"디는 세월이 요구된다. 실제로 대한민국이 성립된 이후 가야문화재연구소에 의해 연씨가 발굴된다. 농업기술센터 사람들이 나서서 "기다림의 발아, 인내의 발아, 희망의 발아"를 추진한다. 마침내 2010년 여름 아라연꽃이 피어난다. "나 자신에 대한 믿음을 가지고 기다리고 참고 견"딘 세월의 결과물이다. 어떤 역경에도 자신의 본성을 지켜내고 실현하는 인내의 미덕을 극적으로 보여주는 서사이다.

정호승의 우화소설을 끝까지 읽으면 어느덧 귀가 밝고 눈이 맑아진다. 세속적 욕망과 허상으로부터 벗어나 어린아이처럼 해맑은 자신의 참모습을 만나게 되기 때문이다. 바로 이러한 자신의 참모습을 순명의 자세로 긍정하면서 겸허와 인내를 통해 끝까지 지키고 실현해나가는 것이 가장 아름답고 가치 있는 삶이라고 이 책은 일관되게 강조한다. 이러한 논법은 자신의 본성이 본래 갖추어져 있고, 저마다 이루어져 있는 본래구족(本來具足)의 절대적인 존재라는 인식을 전제로 한다. 따라서 제각기 스스로를 닦고 밝히면 바로 가장 고귀하고 아름다운 존재가 되는 것이다. 이 점은 사람뿐만이 아니라 수의(壽衣), 참나무, 새, 바람, 동종, 플라타너스 등 모든 삼라만상에게 적용된다. 불교식으로 표현하면 삼라만상이 본래성불(本來成佛)의 주체이다.

이러한 제각기 지닌 절대적 존재자로서의 참모습, 즉 불성은 외적 변화와는 무관한 근원적 본질이다. 마치 "네모난 수박"(「네모난 수박」)이라고 할지라도 그 맛과 향기가 같다면 동일한 본래의 수박에 다름 아닌 것과 같은 원리이다. 이 점은 산산조각이 날지라도 크게 다를 것이 없다. 산산조각이 난다고 해서 그 근원적 본질이 변질되는 것은 아니기 때문이다. 그러나 설령 근원적 본질이 새로운 차원으로 질적 변화를 이룬다고 할지라도 변화된 새로운 참모습을 받아들이고 살아가면 되는 것이다. "산산조각이 나면 산산조각을 얻은 것이고, 산산조각이 나면 산산조각으로 살아가면" 된다는 논법이다. 이렇게 보면, 어떤 어려운 상황도 두려울 게 없다. 기꺼이 진일보(進一步)하면 또 다른 차원의 새로운 길이 열리고 그 길을 가면 된다. 어떤 절망의 벽도 벽이 아니라 새로운 길을 향한 열린 문이라는 인식이다. 그래서 '산산조각 철학'은 위안과 치유를 넘어 거침없는 대자유를 가져다준다.

　여기에 이르면, 우리는 새삼 다음과 같은 질문을 연이어 하게 된다. 정호승은 삼라만상에 내재된 본래성불(本來成佛)의 불성을 어떻게 감지하고 깨워낼 수 있었을까? 삼라만상은 어째서 내면의 본모습을 그에게 고즈넉하고 간절하게 드러내고 있었을까? 그가 인간은 물론 삼라만상이 서로 정직하게 자신의 고통, 번민, 감정을 호소하고 공명하는 우화의 문학적 공간을 우리 시대 속에 만들어낼 수 있었던 힘은 어디에서 비롯되는 것일까? 물론 이러한 물음은 오롯이 정호승만이 대답할 수 있는 것일지 모른다. 다만 우리는 그가 최근에 간행한 시선집의 다음과 같은 머리말을 통해 어느 정도 가늠해볼 수 있다. "사람의 가슴속에는 누구나 시가 가득 들어 있다. / 그 시를 내가 대신해서 쓸 뿐이다."(『내가 생각하는 사람』) 그는 사람의 가슴속의 시를 대신해서 쓸 줄 아는 눈과 귀와 손을 운명처럼 지니고 있었으며 이를 실현하고 있었던 것이다. 그에게 우화소설집은 여기에서 '사람'의 범주를 사물까지 확장시켜 가슴속의 시들을 대신해서 쓰고 있는 기록물로 이해된다. 물론 그

에게 시는 모든 존재자의 참모습, 즉 불성의 원형질이며 그 노
래에 다름 아닌 것으로 해석된다.

정호승 鄭浩承

1950년 경남 하동에서 태어나 대구에서 성장했으며, 경희대 국문과와 동 대학원을 졸업했다. 1972년 한국일보 신춘문예에 동시, 1973년 대한일보 신춘문예에 시, 1982년 조선일보 신춘문예에 단편소설이 당선돼 작품 활동을 시작했고, '반시(反詩)' 동인으로 활동했다. 시집『슬픔이 기쁨에게』『서울의 예수』『별들은 따뜻하다』『새벽편지』『사랑하다가 죽어버려라』『외로우니까 사람이다』『눈물이 나면 기차를 타라』『이 짧은 시간 동안』『포옹』『밥값』『여행』『나는 희망을 거절한다』『당신을 찾아서』, 시선집『내가 사랑하는 사람』『수선화에게』, 영한시집『부치지 않은 편지』『꽃이 져도 나는 너를 잊은 적 없다』외 일본어, 중국어, 스페인어, 러시아어, 조지아어, 몽골어, 베트남어, 독일어 등의 번역시집, 번역동화집과 어른을 위한 동화집『항아리』『연인』등이 있고, 산문집『내 인생에 힘이 되어준 한마디』『내 인생에 용기가 되어준 한마디』『외로워도 외롭지 않다』등이 있다. 소월시문학상, 정지용문학상 등을 수상했다.

정호승 우화소설

산산조각

초판 1쇄 발행일 2022년 4월 15일
초판 2쇄 발행일 2022년 5월 20일

지은이 정호승

발행인 윤호권
사업총괄 정유한

편집 이양훈 **디자인** 전지나 **마케팅** 정재영
발행처 ㈜시공사 **주소** 서울시 성동구 상원1길 22, 6-8층(우편번호 04779)
대표전화 02-3486-6877 **팩스(주문)** 02-585-1755
홈페이지 www.sigongsa.com / www.sigongjunior.com

글 ⓒ 정호승, 2022

ISBN 979-11-6579-924-3 03810